我们都将绽放

蒋处宁 著

宁波出版社

图书在版编目（CIP）数据

我们都将绽放 / 蒋处宁著 . —宁波：宁波出版社，2019.2（2019.5 重印）

ISBN 978-7-5526-3436-5

Ⅰ . ①我… Ⅱ . ①蒋… Ⅲ . ①长篇小说－中国－当代 Ⅳ . ① I247.5

中国版本图书馆 CIP 数据核字（2018）第 300229 号

我们都将绽放

出版发行	宁波出版社
地　　址	宁波市甬江大道 1 号宁波书城 8 号楼 6 楼
邮　　编	315040
网　　址	http://www.nbcbs.com
责任编辑	朱璐艳
责任校对	周真渝　李　强
印　　刷	宁波白云印刷有限公司
开　　本	889 毫米 ×1194 毫米　1/32
印　　张	7.5
字　　数	145 千
版　　次	2019 年 2 月第 1 版
印　　次	2019 年 5 月第 2 次印刷
标准书号	ISBN 978-7-5526-3436-5
定　　价	25.00 元

本书若有倒装缺页影响阅读，请与承印厂联系调换，联系电话 0574-83875165

目 录
CONTENTS

01 开学了,来新同学了　　001
02 吴张桐的新闻播报　　008
03 方音很重的新同桌　　015
04 我们是一个有爱的团体　　023
05 餐厅里的一幕　　031
06 我的妈妈 我的QQ号　　038
07 我们的谢老师 我们的QQ群　　045
08 新来老师爱留堂　　053
09 帮助老师纠正坏习惯　　061
10 我的同桌不合群　　068
11 有一种妈妈叫金秀妈　　075
12 卖酸辣粉的男人　　081
13 被掀翻的小摊子　　088
14 我们占了小鸟的地盘　　096

⑮ 那张闯祸的一百元纸币　　　103

⑯ 夏苔米,我想回家　　　110

⑰ 关于餐桌的那些事儿　　　118

⑱ 黄洋的书,周巧儿的书　　　127

⑲ 我没有偷　　　135

⑳ 我的侦破故事　　　142

㉑ 再接再厉,继续撒谎　　　149

㉒ 福尔摩斯·夏　　　156

㉓ 我的妈妈语重心长　　　163

㉔ 诗词大赛有人拖后腿　　　170

㉕ 被踩坏的眼镜　　　177

㉖ 巧儿,我们帮你凑钱　　　184

㉗ 金秀的妈妈来了　　　192

㉘ 关于零食的故事　　　200

㉙ 周巧儿爸爸来了　　　207

㉚ 我们是相亲相爱一家人　　　214

㉛ 曲终了,人散了　　　221

㉜ 我们都在绽放　　　227

01

开学了,来新同学了

那是一个秋雨淅淅沥沥的早晨,校门口挤满了车,就像渔船上铁箱子里装满的鱼,谁也动弹不得;大人与孩子们比赛着嗓门,各种的声音在我的耳边汇聚成浪,一浪接着一浪。

这边有家长叮嘱孩子好好学习,那边有孩子拉着父母的手大声啼哭,还有这儿,有家长大声骂孩子:"你上学了知不知道,你要带书包、带铅笔盒知不知道?"——是哪家熊孩子,上学连书包都没带?不过对于家长的训斥,我们是嗤之以鼻的,你做家长的,等把孩子送到校门口才发现孩子没有带书包和铅笔盒,也是一个奇葩,居然还好意思这么理直气壮地骂孩子?

还有不嫌烦的家长,拼命地在摁喇叭;在路口指挥的交警叔叔，嗓子都哑了。

我与陈小艺就像两条灵活的鲇鱼，在人和车的缝隙里钻来钻去。后面传来交警叔叔的声音："慢一点慢一点，两个小朋友，别乱走，注意安全……"

陈小艺扭过头，对着交警叔叔做了一个鬼脸。

好不容易进了校园，陈小艺才对我说话："那些大人真的好烦啊！"

我点头表示同意："就是，来送一送那些挂着鼻涕的小娃娃也算了，我们五六年级的人，还送什么送！现在又不用交学费，背上也就一个空书包，有什么好送的。"

陈小艺瘪瘪嘴，故作成熟地说："在他们的眼里，自己的娃娃永远长不大。"

"不，他们是来炫耀车子的。"说话的是吴张桐，他从我们身后追上来，非常老油条地接嘴，"我刚才去看过了，门口的车子有奔驰、玛莎拉蒂还有路虎，尤其是那辆路虎，那身子有这么长！它在那儿掉个头的工夫，就把路口严严实实地堵住了。要知道每年开学，学校门口人最多，这是炫耀车子的最好机会。有些人啊，三四十岁了，还没有长大！他们不知道，他们开再好的车子来，孩子读书成绩也不会进步！"

好吧，吴张桐这话非常有理。

只是陈小艺关注的重点显然不在吴张桐的结论上，她翻着白眼叫道:"吴张桐,你拿背车牌标志的功夫去背诵背诵课文,我们小组就不会做尾巴了!"

陈小艺是组长,背书组长。吴张桐是她的组员。

话说我们班级里,人人至少都有一个"官职",或者大官或者小官。我爸爸曾经吐槽说,他很想钻进谢老师的脑袋里瞧瞧,她是如何能想到这么多官职的。

我们有班长、副班长、劳动委员、纪律委员、宣传委员、文艺委员、体育委员,有各科课代表,还有八个收作业小组长、八个背书小组长,还有餐厅管理员、黑板管理员、玻璃管理员、电灯管理员、电脑管理员、课桌管理员、图书管理员、草纸管理员……

嗯,你没看错,我们有草纸管理员。

学校每个月给我们发一大包皱纹纸,是我们一个班级每个月的上厕所用料。一大包看起来是不少,但是我们班有将近四十个人啊。怎么够用?

于是谢老师就设置了一个草纸管理员,每个月负责两件事,一是去总务处领草纸,二是将草纸给管理好,免得大家浪费了。

谢老师还规定说,女孩子每天可以领五张草纸,男孩子只能领三张。

这是一个很需要脑细胞的工作,谢老师说,她必须安排那些细心的女孩子来做这件事。

班主任谢老师虽然精打细算,然而每个月不到十天,一大包皱纹纸就用完了。草纸管理员管理得再仔细都没用。

顺便交代一句,我小学阶段的第一个官职,就是草纸管理员。

吴张桐是数学课代表,数学天才,他最爱做各种各样稀奇古怪的数学题,偏生不爱语文和英语,经常被文科老师揪到办公室里去背书。陈小艺和我是标准的文科生,看见有关数字的东西就头疼。

吴张桐嘿嘿笑道:"我没有去背车牌标志,其实看车子根本不用看车标,只要看看车子的形状和线条,我就知道那是什么车了。喏,你看那辆大众,就是摁喇叭的那辆,才四五十万的车子,就这么嚣张。大众后面那辆肯定是四个圈,别看四个圈好像也算中档车,但这辆车其实很便宜的,也就三四十万。嘿嘿,别用崇拜的眼光看着我,本天才就是这么自信……"

"有本事背书的时候别拉小组后腿!"陈小艺当然没有看车标的兴趣,我们俩背着书包就往教学楼走。

"夏苔米,你知道你的作文为什么一直都写不好吗?你没有我这么敏锐的眼光,没有我这么深刻的思考,没有养成与我一样随时随地观察动脑筋的习惯……"

我笑了一下:"呵呵。"

陈小艺也笑了一下:"呵呵。"

吴张桐嘿嘿一笑,说:"我知道你们的意思,你们不就是想说我上学期期末考试作文不及格的事儿嘛。这其实不是我的错,这是改卷老师不懂得欣赏美。"

上学期期末考试,作文题目是"美"。我们大多数同学的作文,都是写小学生扶爷爷奶奶过马路啦,公交车上让座啦,环卫工人冒着严寒扫马路啦——只有吴张桐别出心裁,写了古巴国家芭蕾舞团来我们小镇上表演的事儿。

古巴国家芭蕾舞团来我们小镇表演《天鹅湖》,这可是小镇文教历史上的一件大事。镇政府包了场买了票,各个单位派发,各路记者都来了,长枪短炮,规模吓人。我也去看了。开场的时候大剧院爆满,第三场之后就只剩下七八个人了,其中就包括我和妈妈——小镇上的人还不懂欣赏这种高雅艺术,于是芭蕾舞团就向剩下的人道歉说,最后一场他们就不演了——这对学习了五年芭蕾的我而言,是一个巨大的遗憾。第二天我在报纸上看见了连篇累牍的赞扬,认为这是小镇人民素养提高的一个标志。但这都是闲话了。

如果平铺直叙将一场演出写下来,老师好歹也会看在字数的份儿上,给个中不溜的分数。但是吴张桐的作文侧重点错了。他的侧重点跑到了芭蕾舞演员的大长腿上。他认为,芭蕾舞的美,就在于演员的大长腿,就像唐朝宫女的丰乳,或者乡下婆婆挑选媳妇注重的肥臀一般,代表的是一种审美:我们小镇的观众为何最终放弃了对大长腿的审美,那是因为对小镇上的人而言,丰乳肥臀比大长腿更重要一些……

具体文章内容我不记得了，我只记得谢老师将吴张桐的作文拿过来，在教室电子白板上打开的时候，下面笑成了一团。

而吴张桐丝毫没有作文得了零分的羞愧感，在一片笑声里，顾盼神飞，得意扬扬。谢老师狠狠批评了他一顿，又打了他两下手板心，斥责他："以后不许这么写！"当时吴张桐笑嘻嘻地答应了，但是一点悔改的意思也没有。我估计，下一次作文，他依然会这么"出类拔萃"。

其实我也很想在作文里飞扬恣肆一回，但是我不敢。

吴张桐扫了周围一圈，笑着说："夏苔米，你别说，我们一起来观察吧。你看着，这个进校园的肯定是插班生，嗯，而且肯定是外地来的。你看这个衣服，啧啧，也不知穿了多少年了，现在这个年代，还能将衣服穿得这么旧，我也算是服了。这个爸爸肯定没多少文化，你看他送孩子上学，衣服都还皱巴巴的。他不知道要帮孩子挣面子吗？还有他的肩膀一边高一边低，我敢保证他肯定做了很多体力活，年纪轻轻就驼背了，肯定是在工地上班的……"

陈小艺翻了一个白眼，说："就你聪明！老生家长不许进校园，能进校园的肯定是要办手续的插班生，要你说！"

我们已经站在教学楼的走廊上，听着吴张桐与陈小艺对话，我也往前面张望了一眼。

那两人很显然听见了我们的对话，他们站定了。一男一女，显然是父女俩。那男的果然如吴张桐所说，浑身上下冒着两个字：土气。

神色还有些怯生生的。

站在他身边的是一个小个儿女孩,看起来十来岁的样子,衣服很旧但是很干净;皮肤黝黑,五官倒是不难看;她看着前面,眼神中,充满了惊喜。

这是我第一次看见周巧儿。

父女俩有一瞬间的手足无措。那男人抬起头,脸上挤出刻意而讨好的笑,问楼上的我们:"小朋友,老师办公室往哪儿走呀?"

吴张桐嘿嘿一笑,回答:"老师办公室?我们学校的老师有一两百个,大多数老师我们都不认识,你说的是哪位老师的办公室?"

旁边的小女孩很显然吃了一惊,问道:"有这么多老师?"

那男人也吃了一惊,竟然显出了一点手足无措的样子,期期艾艾地问道:"我们才转学过来的……那该去哪个办公室?"

吴张桐一摊手,笑嘻嘻地说道:"那我也不知道了,你们说,是不是?"

吴张桐的新闻播报

陈小艺瞪了吴张桐一眼,骂道:"你可别吓唬人家!"

吴张桐耸耸肩膀:"我实话实说,怎么吓唬人家了,你们这是欲加之罪何患无辞!"

陈小艺怒道:"收起你的嬉皮笑脸!谁都不要理你!"

我手指着后面,说:"一共三栋教学楼,最前面这幢是五六年级的,后面分别是三四和一二年级的。老师的办公室都在教学楼中间,领导办公室都在一楼,你转学去几年级,就去哪幢楼的一楼问问看好了。"

那父女俩感谢了一番,居然走到我们边上的办公室里去了。吴张桐睁大了眼睛,说道:"呀呀呀,这女孩子小模小样的,竟然也读五六年级了,真是看不出来。"

我与陈小艺不理他,径直走到教室里去了。吴张桐却不知窜到哪里去了。

教室里已经有不少同学。班长方丽站在讲台前,手中拿着一个鸡毛掸子,大声叫:"都安静下来,都安静下来。我们六年级了,小学最后一年了,要给老师留一个好印象……大家拿出上学期的英语书,跟着我读单词……"

上学期期末的时候,英语老师告诉我们回来第一节课要听写上学期的单词,所以同学们都将英语书带来了。

下面的几个女生已经将英语课本拿出来了,但是靠窗的角落,那几个男生还在忙着讨论假期里玩的游戏,不时爆发出一阵阵大笑,根本没有听见班长大人的呼喊声。

方丽怒了,拿着鸡毛掸子走下讲台:"黄洋!吴双!你们几个到底读还是不读!"

吴双几个人看了看怒气冲冲的班长大人,默默起身,回到自己的位置上去了。黄洋却是不动,慢悠悠地抬起眼睛,说:"早读是课代表的事情,人家林诗涵和夏苔米还没有说话呢,你管什么闲事?别以为做了班长就可以什么事儿都管,今年班干部改选,你能不能选上还不知道呢!"

这一句话就像是一块骨头,将方丽噎在那里。

下面响起了笑声,那是一群男生的。吴双笑得最嚣张,东倒西歪的,整个人都伏在桌子上。陈小艺笑嘻嘻地看了我一眼,瘪瘪嘴巴,眼中有些幸灾乐祸的神色。我翻了一个白眼,将擦桌椅的抹布递给前桌陈小艺,拿着课本站起来,说:"黄洋,你皮痒了?我还没到,班长让你先读读英语单词,有什么问题?你再这么说话,我回头去你叔叔家说。"

黄洋当下就蔫了。

我走上讲台,敲了敲桌子,说:"给大家三分钟时间,赶紧将桌子擦好、东西放好,三分钟后咱们开始读书。后来的同学,擦桌子、搬椅子的声音轻一点,不要影响大家读书。"

下面喧闹的声音已经安静了很多,我对方丽扬起一个笑容。

这时候,外面急匆匆奔进来一个人,在讲台上站定。

"中央电视台,这里是中央电视台,现在为大家播报最新情况。就在今天早上八点三十分,我台记者吴张桐冒险深入前线采访,终于为大家打探到两条与601班同学切身利益相关的新闻……"

教室里陡然寂静无声,所有目光都集中在讲台上。

黄洋大声叫道:"吴张桐,有话快说,有屁快放!"

吴张桐不理睬黄洋,依然播报他的新闻:"根据我台记者得到的消息,我601班今年将会换一个数学老师,据悉,校长认为这最后一年,必须给六年级学生配备最好的老师,所以决定给我们换一个数学老师,我们一定要认真学习,不辜负校长与老师的期望……"

黄洋急了:"到底换了谁?快说快说!"

吴张桐露出神秘的笑容,说道:"黄洋,你的好日子到头了。新老师是阳光小学声名远扬的四大恶人之首李伟健李老师。当然,此消息如果有误,吴张桐概不负责……"

李伟健?黄洋登时蔫了。

班级里的人顿时都蔫了。

我们原来的数学老师是王老师,绰号王老太,她年纪大了,精力不济,作业经常来不及批改,大家有时交一些空白作业上去,她也不会发现;即便发现了,也只会眯着眼睛骂人,反正不痛不痒,黄洋从来不当一回事。

但是李伟健的教学风格与王老师完全不同,单就作业一样,就够让我们胆寒了。据上一届的师兄师姐们介绍,李伟健是有名的"试卷狂人""拖课狂人"和"留堂狂人",他的特点是喜欢发试卷,每个学期除作业册之外,还能发上几十张试卷;喜欢拖课,每节课都能拖到下节课上课;放学最喜欢留学生,但凡你没做作业,或者没订正好,他就会陪着你到晚上五点半!所以吴张桐说,黄洋的好日子到头了。

吴张桐卷起一本书,继续播报新闻:"本台获悉的第二条新闻,对广大的单身狗来说是一条好消息……"

方丽忍不住了,喝道:"吴张桐,你下去!"

黄洋大声叫道:"吴张桐,你继续说!"

吴张桐笑嘻嘻地说:"方大班长,我这是冒着被老师发现挨批的风险,去给大家打听新闻的,这些新闻都是有关601班同学的切身利益的,您怎么可以这么粗暴、这么武断地将我赶下去呢……好吧,我长话短说,今年我们班会转进来一个女同学,皮肤虽然黑了一点,人虽然土了一点,但是长得还蛮顺眼的,对广大男生来说,这是一项很大的福利!"

下面笑声一片。方丽举着鸡毛掸子冲吴张桐抽过去,吴张桐顿时抱头鼠窜。

我拿着课本敲了敲桌子,四周安静下来:"三分钟时间到了,读英语单词!"

琅琅的书声响了起来。校长从门外走过,特意在门口站了一会。全班同学昂首挺胸,念英语单词的声音震耳欲聋。等校长的身影转过墙角,教室里的声音就陡然轻了下来。

黄洋趴在桌子上打盹。方丽拿着鸡毛掸子走过去,喝道:"黄洋,你为什么趴着!"

黄洋努力撑起脑袋,气若游丝地说道:"班长大人见谅,我生病了,我生了一种'读书就头疼'的病。再说,校长已经走过去了,您的表扬肯定少不了,您让我在位置上好好休息一下可好?"

黄洋说话声音不响亮,但是周边几个同学都听见了,教室里陡然安静下来。方丽气得浑身发抖,叫道:"我去告老师!"转身就要往办公室跑去。我一把将方丽拉住,笑着说道:"方丽,今天刚开学,老师忙着呢,真要告老师,也得等老师空下来再说。再说了,今天办公室人来人往的,给别人听见了也不好。黄洋,你站起来,道歉!"

方丽站着,怒气冲冲地说道:"道歉也不管用!"

黄洋站起来,看看方丽又看看我,终于说道:"班长大人,对不起啦,我等下一定好好读,好好学习天天向上,一定争取考上名校……"

边上响起轻轻的笑声。黄洋的学习成绩,在班里属于最后一群,语数外三门课加起来也就两百分出出头,想要考上名校,绝对没门儿。

门口有同学跑进来,叫道:"所有的男生,跟我搬书去!"

黄洋急忙往门外冲去,叫道:"班长大人,我将功赎罪,一口气搬两大摞!"

呼啦一声,教室里登时空了。

好吧,早读是无法进行了。才读了十几个英语单词呢。

我只好回自己位置上去了。

同学们陆陆续续都进来了,接下来就是各种忙乱:各色课本搬进来,各色练习本搬进来,还有各种实验器具,一套一套,都要分发下去。我还算省力的,作为英语课代表,只要发四样东西就够了:英语课本、英语磁带、英语习题册、英语抄写本。陈小艺给我帮忙,几分钟就发到每人位置上了。黄雨轩就没这么省力了,她是劳技课代表,要发很多工具:四根小木棍、四根小竹条、一小袋钉子、一小袋塑料珠子、一小袋塑料合页,还有很多不知名的玩意儿,好在她在班里很有人缘,大家都去给她帮忙。

其实我很喜欢我们班。方丽的外刚内柔,吴张桐的上蹿下跳,黄洋的半死不活,陈小艺翻白眼的样子,一点一滴,汇聚成601班这鲜活的模样。

尤其是现在这样的时候,全班都动起来了,用一个词来概括,叫作生机勃勃。

当然了,这样的生机勃勃,校长肯定不喜欢,老师也肯定不喜欢,连方丽也不大喜欢。他们希望学生在所有的课余时间都变成机器人,脑子里只装一个读书软件,坐在教室里的时候不是写作业就是念书。

但是我们不是机器人,我们的脑袋里,装了太多太多的应用,所以我们的脑子经常内存不够,于是逻辑紊乱,经常因为各种冲突而死机,还会出现各种乱码。

有时候我也非常不懂老师的思路,难道所有的孩子都必须是一模一样的脾气才可爱吗?

我与妈妈说了自己的迷惑。妈妈摸着我的头,很沉重地说:"夏苔米,你不要与别人长得一模一样。"

我很认真地点头。

方音很重的新同桌

我们正在收拾东西的时候,谢老师带着周巧儿进来了。

站在讲台前的方丽,急忙向老师汇报:"报告老师,我们已经将所有书本材料都分发下去了,现在正准备带领大家预习语文课文。"

谢老师满意地点点头,说道:"很好,你先下去。同学们,我们的最后一个学年开始了,这是我们在这所学校的最后一年,也是大家向老师、向父母交答卷的一年。我相信大家会好好学习……"

谢老师是一个好老师,就是啰唆了一点点而已。她与我妈妈一样,有一种病,叫长篇大论综合征。

谢老师还在滔滔不绝,我们的目光都已经迫不及待地落在周巧儿身上了。

周巧儿单眼皮，眼睛不是很大。鼻梁略塌了一些，嘴唇也略厚了一些，再加上黝黑的皮肤，略有些显矮的身材，浑身上下，实在找不出什么优点。然而这些搭配在她身上，居然显得出奇的和谐，她竟然不难看！

发现大家的目光都集中在她身上，她有些紧张，脸有些红了，头也不自觉地低下去，右手下意识地捻着衣角。

今天是开学的日子，学校不要求穿校服。加上第一天上课，按照惯例是不上音体美劳的，所以几乎所有女生都穿了各色裙子过来，教室里就像开了一簇又一簇的鲜花。陈小艺穿的是一身藕粉色的棉布连衣裙，我穿的是一身浅绿色的纱裙。虽然大多数人穿的都不是什么名牌，但都很干净、很合身，很能彰显我们的风采。

但是站在前面的周巧儿，穿的却是衬衫加裤子，那衬衫有些宽大，穿在身上晃晃荡荡的，还有明显的折痕，很显然，从衣柜里翻出来后不曾熨烫过。袖子边有些发黄，那是穿久了之后留下的痕迹。脚上是一双泡沫凉鞋，十来块钱一双的那种，虽然努力洗刷过，但是泡沫的质地，明显是洗不干净的。

发觉我看着她的鞋子，她下意识地将脚往后缩了缩。

"大家有没有信心，给家长交一份完美的答卷？……怎么没精打采的，再来一遍！"

听着下面整齐划一的"有信心"三个字，谢老师终于满意了，点点头，说："今年班级里新转来一个同学，周巧儿。来，周巧儿，给大家自我介绍一下。"

周巧儿的脸更红了,好久也说不出话来。下面渐渐响起了窃窃私语声。谢老师咳嗽一声,又笑着对周巧儿说:"不用紧张,随便说,你叫什么名字,从哪里来,喜欢什么,长大后想要做什么,什么都可以说。"

谢老师又对大家说:"周巧儿很厉害的,前天她做了一套转学试卷,数学一百,语文九十三。大家掌声鼓励她!"

同学们的掌声噼里啪啦响了起来,黄洋大声笑着说:"欢迎学霸!欢迎你来打败吴张桐!"

前面一句倒还好,听到后面一句,坐在我边上的吴张桐不干了,"噌"地站起来,大声宣布:"我也欢迎学霸!但是数学拿第一这么艰巨的任务,交给我们男生就好,周巧儿同学,你还是去和夏苔米、林诗涵她们争做语文和英语的标杆吧……"

谢老师喝道:"吴张桐,没规没矩,你坐下,等下自习课,抄班规十遍!"

吴张桐悻悻然坐下,低声与老师辩解:"谢老师,现在是北京时间九点三十分。今天开学日,我们学校规定,九点四十分才正式上课,这不算违反班规吧……"

谢老师又好气又好笑,喝道:"闭嘴!再说话就真叫你抄!"

吴张桐急忙闭嘴。

坐在前桌的陈小艺悄悄递给我一张纸条,我打开,上面是一行潦草的字：成绩好就有特权。

这是说谢老师对吴张桐的态度太过纵容。我唰唰唰回了一句：你也属于特权阶层，少叽叽歪歪。

谢老师又俯下身子，对着周巧儿说："你大胆地说，随便说就好。"

周巧儿这才准备完毕，抬起头，看着满教室的人，露出一个腼腆的笑容，说道："我叫周巧儿，来自贵省，我喜欢读书……"

可是周巧儿的话音还没有落下，下面的喧哗声就响了起来。

原因无他。

周巧儿说话时的方音太重了。

"周"是翘舌的，她没有翘起来；"巧儿"是"巧"字后面带一个儿化音，但是她却硬生生将它念成了两个字。更严重的是"来自贵省"中的"自"念成了"既"，"贵省"两个字的音调也念错了……

满教室的人，哪里听过这么奇怪的普通话？

也幸好上面有谢老师压着，大家才不敢大声取笑。

只是大家低声喧哗的调子，依然是充满欢乐的。

谢老师扫了下面一眼。下面终于安静下来了，只是众人看周巧儿的眼神里，依然全是笑意。

坐在第二桌的我，看见周巧儿的眼睛里已经有晶莹的东西在晃动了。

谢老师声音里带着怒意："好了，我知道你们在笑什么。周巧儿原先的学校，老师都是用方言上课的，她不会普通话也正常！你们谁生下来就会说普通话?还不都是学的?好了,黄洋,吴双,你们几个不许笑了。周巧儿,谁欺负你,你就来找老师!黄洋,你将另一张桌子上的东西挪一挪,周巧儿,你先坐那一桌!"

我们班级一共三十九个人,最调皮的黄洋单人一桌,坐在教室最后面靠窗的位置。黄洋的边上放了一张空桌子,他毫不客气地在那张桌子上摆满了自己的东西。

黄洋慢腾腾地收拾着东西,态度很诚恳:"谢老师,我这人一向是懒惰加调皮出了名的,周巧儿是学霸,她跟我同桌,会不会被我影响?谢老师,您要给我安排同桌,我当然是非常欢迎的,但现在有一个问题是,我希望能来一个雷厉风行的,能管住我的新同桌。周巧儿同学她有些怕生,也许管不住我……"

黄洋说话时慢条斯理,全班同学都笑了起来。

所有人都知道,黄洋是嫌弃周巧儿太土气,嫌弃周巧儿不漂亮。但说出来的理由却非常正确而且充分,谢老师也忍不住笑起来,眯着眼睛问道:"需要一个能管得住你的同桌?方丽与你同桌,怎样?"

黄洋看了看方丽,缩了缩脖子。方丽却急了,站起来说:"老师,我反对!"

黄洋急忙说道:"老师,我当然是愿意与方丽同桌的,但是方丽不愿意,这可不怪我啊!"

这一番争闹,使站在上面的周巧儿愈加手足无措了。谢老师的眼睛在众人面前扫过,我知道,她也有些拿不定主意。

让周巧儿与黄洋同桌,周巧儿肯定会被黄洋欺负。让周巧儿单人单桌,却又有些不妥……

我看了一眼坐在我边上的吴张桐,这厮看着面前的一切,也在幸灾乐祸。于是我就举了手:"老师,周巧儿同学的英语好像不大好……要不,您排一下,让她与我同桌?我可以帮她练练英语口语。周巧儿的数学很强,也可以帮我。"

一方面可以帮助周巧儿,一方面可以摆脱一个聒噪的同桌,两全其美。

至于周巧儿英语不好的问题……听她的普通话就知道了,普通话都念不好,英语能好?而且刚才谢老师只介绍了周巧儿的数学和语文成绩,不介绍英语成绩,就已经说明一切了。

边上的吴张桐,想不到我一开口就要调动他的位置,不免惊讶、着急、慌乱、手足无措,一时间竟然没能出声。

谢老师的眼睛亮了:"你是英语课代表,愿意帮助新同学,那当然是好的,只是吴张桐……吴张桐,你坐到后面去,靠门的位置,单人单桌!"

谢老师一锤定音,吴张桐垂头丧气。

就这样,我与周巧儿做了同桌。谢老师又将班级的一些事务分派了一下,说:班长、副班长、宣传委员、纪律委员都照旧,各科课代表也照旧。巴拉巴拉,谢老师几乎将所有班干部的名字都报了一遍,才说:"你们先将这个学期的事务管理起来,等过几周改选。"

处理了班务之后,第一节课剩下的时间已经不多。谢老师就在白板上打出一首新诗,是诗人陈梦家的《一朵野花》:

一朵野花在荒原里开了又落了,
不想到这小生命,向着太阳发笑,
上帝给他的聪明他自己知道,
他的欢喜,他的诗,在风前轻摇。

一朵野花在荒原里开了又落了,
他看见青天,看不见自己的渺小,
听惯风的温柔,听惯风的怒号,
就连他自己的梦也容易忘掉。

谢老师范读之后,让我们齐读,而且要抑扬顿挫地齐读。周巧儿那浓重的方音,在一群整齐的普通话中,似乎特别明显;但是我斜着眼睛瞄她的时候,总是看见她睁着一双小眼睛看着白板,嘴巴一张一合,似乎没有感觉到自己的与众不同。那专心致志的模样倒让我有些惭愧。

读完了诗歌,谢老师笑眯眯地问大家:"这朵野花,让我们联想到了什么?"

黄洋举手说:"我联想到了周巧儿。"

同学们都笑了起来。

谢老师愠怒地看了黄洋一眼,说:"站着!不动脑子!"

谢老师将声音放温柔了:"这朵野花,象征很多像野花一样渺小却很坚定、很顽强的人。我们每个同学,都要像这朵野花一样,不管有没有人在意你,不管遭遇多少风雨,你想要开花的时候,就要尽情地绽放……"

我们是一个有爱的团体

下课的时候,一群同学围了过来。

方丽笑眯眯地对周巧儿伸出手,说:"我叫方丽,是我们班的班长,以后有事情就找我。"

这时听见远处有一个阴阳怪气的声音:"暂时还是班长,但是班队课改选之后就说不定了。"

方丽大怒,骂道:"黄洋,你找死!"又笑着对周巧儿说:"你太文静了,这在我们班不行。我们班级有几个调皮鬼,说话做事很没分寸,你不泼辣一点就镇不住他们。那个搭话的是黄洋,我们班嘴巴最坏的,你别理他就是了。"

周巧儿腼腆地笑了。

黄洋大声说："你这是'赤果果'的污蔑!"

他将"赤裸裸"念成了"赤果果",听明白的同学都笑起来。黄洋却不知道大家在笑什么,莫名其妙地看着大家,于是大家笑得更加欢乐了。

吴张桐摇头晃脑,说:"黄洋,知识就是装的本钱,没有知识不是你的错,出来吓人就是你的不对了……"

吴张桐还未说完,黄洋就去追杀他,两人一前一后飞奔出了教室。

陈小艺扭过身子,对周巧儿说:"周巧儿,我是陈小艺,我学了古筝和钢琴,都过了十级,你会什么乐器啊?"

周巧儿还是腼腆地笑,不回答。

林诗涵凑过来,说:"我是林诗涵,我喜欢唱歌也喜欢画画,你喜欢什么?"

黄雨轩说:"我是黄雨轩,我出生在一个下雨天。我爸爸妈妈各开了一家小公司,爸爸是做装潢设计的,妈妈是做外贸的,以后你家买了新房子要装修,可以找我,我可以让爸爸帮你免费出一张设计图。"

江心玉说:"我叫江心玉,长江的江,心灵的心,贾宝玉的玉。我喜欢甬剧,我奶奶是唱甬剧的,我外婆也是甬剧的发烧友,我妈妈喜欢唱越剧,所以我也能唱越剧。你如果喜欢的话,我可以教你……"

周巧儿笑得越加腼腆了。

大胖子袁雷凑过来，笑着说道："喂，周巧儿，我听说贵省很穷，你们的学校是不是建在悬崖边上？我听说你们一天三餐都吃土豆，我们这边有个'阳光午餐'活动，是专门给你们送午饭的，我还捐了钱，你有没有吃到我们捐的爱心午餐？"

周巧儿脸上的笑容僵住了，只是周边的同学都没察觉到这一点。方丽伸手去揪袁雷的耳朵，大声骂道："袁雷，我们女孩子在这里说话，你凑什么热闹！"袁雷就忙逃命去了。

我忙对周巧儿说："你不要在意，那个大胖子向来没心没肺，喜欢乱说话，我敢保证他自己也不知道自己在说什么。"

吴张桐在教室外面转了一圈又奔了回来，凑过来，笑着介绍："我叫吴张桐，嗯，你肯定记住我了，像我这么风华绝代的安静美男子，在任何地方都是一颗璀璨的明珠。我不装，也能静静地发亮。"

一群女生不约而同地啐了一口。

吴张桐丝毫不以为意，摸了摸自己的脑袋继续自我介绍："我爸爸姓吴，我妈妈姓张，我奶奶姓童，童年的童，所以我最早的名字是吴张童。但是后来算命瞎子说，我五行缺木，所以我妈妈爸爸又给我想了很多名字，最后才决定，委屈奶奶，将童年的童换成梧桐的桐……"

我看了看吴张桐，说："吴张桐，教你一个，今后你要自我介绍,就说自己是'吴丝蜀桐张高秋'的吴张桐,比你絮絮叨叨地介绍一家三口的姓氏更加有格调。"

吴张桐摸了摸自己的脑袋,叹了一口气,说:"夏苔米,十年后如果我混成与你妈妈一般的大作家,向别人自我介绍的时候我肯定采用你的建议,但是现在不是给同学介绍嘛,给同学介绍,要做到通俗易懂是不是,又不是每一个小学生都像你一样张口唐诗闭口宋词的,万一对方听不懂,我不是还要费神写字?我很怕麻烦的。"

一群女生全都"切"了一声。

方丽笑着说:"我们班是一个很友爱的班级,欢迎你加入我们。"说着,还煞有介事地伸出了手。

周巧儿点点头,张了张嘴想要说什么,但是什么话都没说。手上反应倒很快,迅捷地抽出手来与方丽握了握,又不好意思地缩了回去。

我笑着说:"我们班的同学人都挺好的,有几个人没心没肺一点,但是都没坏心思,你不要放在心上。你一定还不认识路吧,我带你去洗手间。"

于是我就拉着周巧儿上厕所去了。当然没忘记去领两张草纸。

去厕所的路上,我对周巧儿说:"你太害羞了,多说点话,多与同学们交流,这样才能说好普通话。你不知道,将来大学里普通话都是要考级的,如果普通话说不标准,很多工作都不能做。"

周巧儿点点头，她的脸已经不红了，但是依然声若蚊蚋："我怕说不好，被大家笑话。"

她声音很轻，方言也很别扭，但是我依然听懂了，于是我又教导她："你要多看电视，嗯，不要看港台片，要看中央电视台的节目，尤其是《新闻联播》，那上面的普通话是最标准的，跟着《新闻联播》学就是了。你这么聪明，没几天就能将方言音给改掉了——话说你在家的时候从来不看电视吗？"

周巧儿点点头，说："我奶奶家没有电视，只有收音机，而且很费电池，奶奶平时都不听的。不过我妈妈家有，我晚上就去看《新闻联播》。"

这段话太长了，好在她说得慢，我听懂了。但是我忍不住想要笑："你家就是你家，分什么奶奶家、妈妈家，好别扭！"

我又说："你不用害羞，我小时候也是在外婆家长大的，直到六岁才来到明州。刚来的时候我也不会说普通话，不过很快就学会了。其实我也很喜欢我外婆家，她家门口有两棵桂花树，老高老高了，我站在三楼的栏杆边上，一伸手就能摘到桂花。"

周巧儿说："我奶奶家有一棵柚子树，等到夏天秋天，那柚子挂在树枝上，就像绿色的、黄色的灯笼，可香了。不过奶奶说那柚子不好吃，咱们自己不吃，卖给别人放在屋子里当香料。一个可以卖两块钱，攒着给我买书本和练习簿。"

我说："柚子也有好吃的，你奶奶家的柚子树肯定没有嫁接过,嫁接过就好了。我外婆家那片地方,很多人种了大片大片的水果,橘子、梨子、桃子,统统都是嫁接过的。嫁接你知道不?就是在一棵树的树枝上切一个口子,将别的树的树枝给插进去绑起来,这样结出来的果子就是新树枝上的品种了,我们科学书上有教的。"

周巧儿舔了舔嘴唇,问道:"科学书上有教?我不知道……你们那儿种了那么多水果?都嫁接过?我们老家也有很多水果,但是大家都不种的,因为水果吃不饱……"

我笑:"你们村的人真傻,我外婆说,种水果比种水稻要值钱,水果一年能收好多钱,水稻一亩才一两千块,有时还要赔进人工费和化肥钱、农药钱,所以大家有力气的都不种粮食,改种水果和蔬菜了。"

周巧儿有些迷惘:"那……没有粮食吃不饱怎么办?你们也吃土豆?不对,我妈妈很少做土豆,她都做大米饭,你们肯定也都吃大米饭。"

我笑:"买呗,大米才几块钱一斤,不过我外婆还是种大米的。我外婆说,街上买的大米不安全,还是她种的好,她留了一块田种水稻,还有一块田租给别人种葡萄。每年暑假那租客都会给我家送葡萄,有时候外婆也会去买。我整个夏天都吃葡萄,有时候晚饭都不吃。"

周巧儿说:"我也吃过葡萄的,但是我觉得不能当饭吃。葡萄太甜了,甜得发腻呢。"

我点头表示赞同,说:"可是我那时年纪小,就喜欢吃。"

上完厕所回来,我们已经是好朋友了。只是有一样不好,我问起她爸爸妈妈是做什么的,想要借机介绍一下爸爸妈妈两人的职业时,她却只是说"我爸爸妈妈都是普通人"。

让我也不好意思炫耀我的爸爸妈妈,实在有些郁闷。

不过我又想起了一个话题,告诉她:"我妈妈从小叫我写日记。她说,等我长大了,整理整理我的日记,说不定可以帮我印一本书!"

"印一本书?日记可以印书吗?"周巧儿惊讶极了,"夏苔米,你好厉害,你写了很多日记吗?"

我当然很得意:"其实也不是那么厉害,我一二年级的时候根本不认识多少字,那些日记都没法看。什么时候你来我家,我给你看我的日记,都摆在书架上,整整齐齐有一排呢!"

周巧儿舔了舔嘴唇,说:"我一定到你家去看看你的作文。"

我纠正:"不是作文,是日记。"

周巧儿说:"哦,是日记。"

我介绍了一番作文与日记的区别,看着她亮晶晶的眼睛,说:"我明天送你一本日记本,带密码锁的,锁上了谁也不能打开。我妈妈一口气给我买了五本带密码锁的。你也可以写日记。"

等我们回到位置上坐下,陈小艺就悄悄递给我一张纸条:"这么快就与新同桌交上朋友了?"

我看了身边的周巧儿一眼,她正在翻看英语书。于是我唰唰唰写上:"山区来的,挺可怜的,帮帮她,团结友爱。"

陈小艺画了一个"笑哭"的表情。

我将纸条揉烂,不理睬陈小艺了。

05
餐厅里的一幕

接下来还有一节课,英语课。

托尼老师一进来,大家就不由得"哇"了一声。无他,今天的托尼老师太帅气了!

衬衫领带西裤皮鞋,头发还打了蜡!

托尼老师姓何,三十五六的年纪,与我们关系非常好,用他自己的话说,那叫作"接地气""打入学生内部,详细掌握学生的一举一动"。他的口头禅是"我像你们这么大的时候我什么都不懂,你们比我当时厉害多了",每当他这么说的时候,我们就会欢呼"长江后浪推前浪,前浪死在沙滩上",然后全班大笑,一起沸腾。

几乎所有的女生都喜欢他。黄雨轩曾经偷偷告诉江心玉"我将来找男朋友一定要找托尼这样的"。如果问我为什么知道,我要告诉你的是,要好的女生之间几乎没有秘密。黄雨轩曾经叮嘱江心玉不要告诉别人,江心玉曾经叮嘱陈小艺不要告诉别人,陈小艺也曾叮嘱过我不要告诉别人……嗯,我没有告诉别人,我只是将这件事写进了自己的日记,等日记印出来,每个读者就都能看见了。

美中不足的是,托尼老师从来不注重自己的外表,夏天是 T 恤加休闲裤,冬天是各种夹克加休闲裤,脚上一双运动鞋,灰扑扑的,也不知一年会洗几次。

所以今天看见托尼老师的模样,我们都惊呆了。

托尼等我们的欢呼声告一段落,才非常深沉地说:"同学们,你们已经上六年级了,已经长大了,已经过了看脸的年纪了……但是今天大家的表现,让我很失望。"

吴张桐举手,站起来说:"我们已经过了看脸的年纪了,但是这并不妨碍我们对美好事物的欣赏。"

黄洋坐在下面凑了一句:"老师,你每天都这么打扮好不好?"

托尼笑眯眯地看着黄洋:"谈个条件,我每天这么打扮,你每天多背二十分钟的英语单词好不好?"

黄洋颓然坐倒。吴张桐也坐下去,笑眯眯地补刀:"老师,黄洋说,臣妾做不到啊……"

全班又笑了。

托尼静静地看着同学们,笑声就慢慢轻了下去,然后瞬间消失。托尼说:"我知道你们听着腻烦,但是我依然要老生常谈,眼下就是六年级了,你们一定要用功一点,打好英语基础,初中才不至于跟不上。好了,今天我们班来了一位新同学,先请新同学做一个英语的自我介绍好不好?"

托尼的目光在教室里转了一圈,很快就落在周巧儿脸上。

周巧儿站起来,低着头,说了一句"My name is Zhou Qiaoer"就再也说不下去了。

好在托尼老师没有苛求,稍稍给周巧儿纠正了一下"my"的读音,这事儿也就过去了。

也许是我的错觉,这堂课,托尼老师讲课的语速似乎慢了一点。

上完英语课,就到了吃中饭的时间。同学们都去吃饭了,托尼将我与周巧儿叫住:"夏苔米,周巧儿,你们留一下……周巧儿,我看过你的试卷,你的笔试部分还行,但是听力不好,分全丢了。你平时在家里都不听英语磁带的吗?……你这样不行,这样只会学成哑巴英语。夏苔米,你要帮着周巧儿一点,督促她多听听英语磁带。周巧儿,我以后每天都会抽你,你一定要多练练。夏苔米,你是周巧儿的同桌,又是课代表,帮助她的任务就交给你了。"周巧儿连连点头。托尼又笑了一下,这才将我们给放了。

去吃饭的时候,我对周巧儿说:"托尼说的是对的,我们这个时代的人,一定要多练口语,将来才能与外国人交流,才能到外国去留学。你每天都听听英语磁带，跟着磁带念一念，肯定能学会的。不要光跟着托尼念，托尼说他学英语的时候已经初中了，所以有一点口音，怎么也改不掉。"

周巧儿想不到我竟然直接批评起老师的口音来，不由有些诧异，就看着我，说话有些结巴："说老师不好……这不好吧？"

果然是一个老实头。我忍不住笑了："没什么，托尼又不会听见！再说了，托尼即使听见也不会生气的，他的心胸可像大海一般开阔。"

却不想后面传来一个声音："夏苔米，你说谁的心胸像大海一般开阔？"

竟然是托尼！他竟然悄无声息地跟在我们身后！

于是我拉起周巧儿就跑，后面传来托尼那带着魔性的笑声。

停下脚步，周巧儿脸色有些紧张："夏苔米，老师会不会生气……"

我忍不住笑："托尼会生气？托尼不会生气的。我说过托尼的心胸像大海一般开阔！"

周巧儿问："那你为什么要跑？"

我点了点周巧儿的小额头："你傻啊，虽然托尼不会生气，但是我们好歹要给托尼一点面子，我们这般大大咧咧地谈论老师，被老师撞破之后，居然还死皮赖脸不认错，老师的面子往哪儿搁？我们这么一跑，托尼的面子就保住了！"

周巧儿傻乎乎地看着我,好久才说:"我还是不大明白。"

周巧儿不明白,我也懒得解释。事事都要给这个山区来的"小白"说明白,也实在太累了一点。

我们学校的中餐,菜肴是配给制,每人一荤一素。饭随便盛。我和周巧儿盛好饭,菜已经放在我们的位置上了,方丽热情地招呼:"过来过来,巧儿,我们女孩子在这几桌!"

看见餐桌上的菜,我不由哀叹了一声。

荤菜是一条肥大的鸡腿——红烧鸡腿。红褐色的酱汁,在鸡腿上闪着光,下面配着几根小青菜菜叶。素菜是胡萝卜。

我偶尔吃点胡萝卜,但坚决不吃鸡肉。

其实我小时候是吃鸡肉的,但是后来从报纸上看到很多关于鸡都是用激素养大的新闻之后,就再也不吃了。发展到现在,我看见鸡肉就反胃。

虽然妈妈也曾教育我说,我们是被各种激素、各种生化品养大的一代,身体已经有了良好的抗药性,实在用不着这么杯弓蛇影——但我还是不吃。

于是我拿起碗,给自己盛了一碗榨菜蛋花汤,打算就着胡萝卜,将饭给吞下去。

边上几个女生也是一脸不高兴的样子——鸡肉,不想吃!

再看看边上的周巧儿,她倒是吃得很好。吃相虽然秀气,但是一条鸡腿已经咬走小半。

陈小艺三口两口吃完,对我做了一个鬼脸,说:"夏苔米,你有了新人,那我这旧人就先退散了,我先回教室去做作业。"

我笑:"这话酸溜溜的,宫斗剧看多了?"

陈小艺笑:"暑假没看宫斗剧,只写了一个宫斗戏……我都在笔记本里写了三万字了,但笔记本被妈妈没收了。嗯,什么时候去撒撒娇,耍耍赖,一定要将笔记本拿回来!"

黄雨轩抿嘴笑:"你妈妈没收你的笔记本,不是因为你写宫斗戏,是因为你玩 QQ 游戏太烧钱了吧?"

陈小艺妈妈在黄雨轩妈妈的小公司里做事,所以黄雨轩对陈小艺的情况清楚得很。

陈小艺翻了一个漂亮的白眼,说:"脑力活动之余休闲一下,能叫玩游戏吗?再说那台笔记本那么破,只能玩玩小游戏,我也就偷点菜、开个餐厅而已。"

众人在说闲话,周巧儿将嘴巴里一口饭咽下去后,眼睛看着我们,终于忍不住问道:"笔记本……怎么玩游戏?在笔记本上画五子棋?……陈小艺你家是开饭店的吗?"

周巧儿一句话落下,四周寂静了三秒。

然后,女生这几桌,顿时爆炸开了。

黄雨轩拍打着桌子。站起来的陈小艺又坐了下去,捂着肚子说"我不行了"。方丽绷着脸说"有什么好笑的,周巧儿只不过

没想到小艺说的是笔记本电脑",只是话才落下,她就吃不住了,整个人歪倒在林诗涵身上。林诗涵大叫"妈呀妈呀,小心蛋花汤"。江心玉收敛了嘴角的笑容,说:"周巧儿,你没见过笔记本电脑吗?老师办公室里有好几台,薄薄的,也就两本杂志大,带着出门很方便的,能上网,能看电影,能玩游戏,也能写小说,很好用的。"

只是江心玉的声音被一堆带着魔性的笑声给掩盖了。

一群男生也凑过来,吴张桐大声问:"你们在笑什么?"

大家只顾着笑,没有人搭理他。

周巧儿怔怔地看着大家笑。

我坐在周巧儿边上,侧着脸,看见她脸上的表情,木然而僵硬。

周围是一圈快乐而疯狂的笑脸,周巧儿就坐在我们中间,但她与周围的环境,是那么的格格不入。

我的心,微微战栗了一下 —— 就在刚才,我也笑了,只是我嘴巴里含着饭,所以只是嘴角略勾了勾而已。

一种莫名的酸楚与歉意油然而生。

我的妈妈 我的QQ号

好在同学们很快就笑完了,方丽代表大家向周巧儿道歉:"周巧儿,你别多心,大家没笑你的意思。有空你来我家玩,我帮你申请一个QQ号。我们有班级群的,你有了QQ号,就能进群和大家聊天了,放假的时候也能讨论作业。"

我想起了一件事,忙说道:"方丽,大家听着,别在群里说些乱七八糟的话,我的QQ号已经不由我做主了。"

陈小艺惊讶地说道:"不会吧,你家那'别人家的妈妈',居然也会管你的QQ号!"

我瘪瘪嘴,说:"个中滋味,只有自己知道。"

我的妈妈,在同学们眼里,向来是"别人家的妈妈"。说起职业,中学语文老师,业余作家,在小镇上排得上名号;说起相貌,虽然五官也寻常,但是腹有诗书气自华,人家都说有一种知性美;说起性格和脾气,那真的让我的同学们都羡慕。去年我考了全班第一名,我妈妈奉谢老师之命在家长会上传授经验,她在台上侃侃而谈:第一,孩子考差了不要对孩子发脾气,你发脾气会让孩子失去学习兴趣。第二,言传身教,千万别自己去搓麻将却叫小孩子做作业。第三,要与孩子好好沟通,孩子已经长大了,要将孩子放在平等地位上,好好说话好好商量……

一番话洋洋洒洒讲了半个小时,摆事实、讲道理,下面的家长不停点头、记笔记,下面的同学看着我的眼睛就像要冒火。

之后我的妈妈就有了一个外号:"别人家的妈妈"。

只是家长们记了笔记之后,该打还是打,该骂还是骂,该去搓麻将的时候照旧将小孩子一个人扔在家里。

听闻我陈述的事实之后,妈妈淡淡地叹息了一声。

我妈妈在家长会上说的并不是吹牛皮。从小到大,我做作业的时候,她必然坐在我边上,或者看书,或者写作;我考差了,她只会拿着试卷与我分析一番,然后说"没事,下次注意,你会考好的";我不肯学素描,她摆事实、讲道理,与我做了整整三个月的思想工作……直到我缴械投降,这种思想工作才算告一段落。

我从来没有玩过电脑游戏。

我家里有三台电脑,爸爸一台笔记本,妈妈一台笔记本,我一台平板，但是我从来没有玩过任何电脑游戏，我的平板电脑上面装满了各种学习软件。

有时我也用平板听听歌，但是每次我一点开音乐，妈妈总会说："你还是点一首英文歌听吧，一边陶冶情操，一边也熟悉一下英语发音。"然后就将我收藏的歌曲全都删了。

所以我不知道任何流行歌曲，当然也没看过任何泡沫网剧，也叫不出当红明星的名字。

去年班里建了QQ群，大家互相加好友偷菜。于是我也让吴张桐帮忙申请了一个QQ号，偷偷摸摸在平板上下了一个QQ软件，并加入了班级群，好与同学们交流交流感情。

然而我没有想到的是，晚上睡觉前例行检查的时候，妈妈打开我的平板，看见了QQ软件。

于是妈妈语重心长地与我讨论了三十分钟，直到我打了七八个哈欠，并向她保证说绝对不会在QQ上乱交友、乱聊天，每次上QQ必须在她的视线之下……这才罢休。

可是我没有想到，妈妈竟然"贪婪"到这般地步——今年暑假，妈妈从我嘴里套出我的QQ号和密码，然后，毫不留情地在她的手提电脑上登了我的号，修改了我的QQ密码。而后，将平板上的QQ软件给删了。

方丽说："成，等今天傍晚我就将你的QQ号给踢出班级群。你回头去告诉你妈妈，我们班级的QQ群，被老师勒令解散了。"

我急忙说:"那不成,我妈妈与谢老师是朋友,她们互相加了QQ好友的,只要一问就知道了。"

陈小艺说:"那也简单,就说你与方丽吵架了,方丽可能会将你踢出群。"

我急了:"那更不成,我妈妈不许我与同学吵架,我一说与同学吵架,我妈妈一定要询问原因、经过、结果,时间、地点、人物,详细到动作、语言、神态、心理各种情况,然后各种分析,如果我编的故事不逼真,她就会发现;即使不发现,她也会与我摆事实、讲道理,分析与同学吵架的坏处,一定要聒噪半个小时才罢休。你知道她很擅长写故事,也很擅长写议论文……"

同学们都笑了起来。方丽说:"那我不管,你自己回家编故事去,实在编不出故事就实话招供了吧,反正你家妈妈只会做思想工作,不会上'竹笋炒肉'。"

陈小艺笑眯眯地说:"是啊,我们不管,反正你妈妈不会上'竹笋炒肉'。"

吴张桐吃完了,端着饭碗过来:"你们说啥?夏苔米妈妈知道我们这个QQ群了?那这个群已经不安全了,鬼知道夏苔米妈妈什么时候会将QQ群的事儿告诉谢老师呢。所以我们这个群还是解散了吧。"

方丽眼睛一瞪:"吴张桐,你这是什么意思,你不是一向自诩大无畏,什么都不怕吗?"

吴张桐笑着摆手，说："我不是这个意思，我是说，我们另外建一个群，大家到另外一个群去聊天。原来这个群解散……也不用解散，让它沉寂下去就好。"

方丽笑了："吴张桐，你做事还是挺靠谱的嘛。"

吴张桐说："我的QQ号等级已经是太阳了，晚上我去建一个群，明天告诉你们新群号。"

一件事就这么说定。

处理妥当之后，我这才看见坐在我边上的周巧儿。她睁着一双迷惘的眼睛看着我们，碗里的饭，一粒也没有少掉。

她虽然坐在我们中间，但就是一个局外人。

我突然间有些怜悯她。

于是我笑着对周巧儿说："周巧儿，这饭菜都凉了，我不吃了，你还吃不？"

周巧儿慌忙往嘴巴里扒饭，说："我要吃完。"

我就说："好，我与小艺先去将饭菜倒了，再洗一下碗，我们在水槽那边等你。"

我的大鸡腿根本没有动过，陈小艺的饭碗里也有一个大鸡腿。也许是我的错觉，但我觉得周巧儿的目光，在陈小艺的鸡腿上停留了片刻。然后周巧儿说："我家养了一只狗……你们的鸡腿不吃了，给我带回去行吗？"

周巧儿的声音有些发颤，也许是觉得这事儿很丢脸。陈小艺笑着说:"那成啊,给你就是……放哪儿?"

周巧儿就忙将饭盒盖拿过来。陈小艺和我就将鸡腿放在饭盒盖上。黄雨轩笑着说道:"既然是给狗吃的,我这半碗饭也别浪费了,还有这鸡腿也才咬了一口……呀,放不下了!……你饭吃完了,放你饭盒里可好?"

也许是同学们太热情了,周巧儿竟然有些手足无措,不知怎么回答才好。这时方丽大声吆喝:"周巧儿家养了小狗狗,大家把鸡腿、鸡骨头和剩饭都拿过来,别浪费了!"

于是没走的同学一哄而上,周巧儿手中的饭盒里,很快就堆了一座小山。她面红耳赤,尴尬得不知如何是好。我急忙说:"够了够了,周巧儿的饭盒都装满了,大家还是倒到垃圾桶里去吧。"

围着的人一哄而散,我也与陈小艺去洗碗。周巧儿的饭碗里已经装满剩饭剩菜,她是不用洗碗了,于是我就叮嘱一句"你去水槽那边等我们",就急急忙忙去水槽边排队了。

只是我们洗好了碗,却没有在水槽那边等到周巧儿。陈小艺笑嘻嘻地说:"启禀陛下,您的新美人将您抛弃了,新人不可靠,您还是多体贴体贴旧人吧……"然后就将那湿漉漉的手往我的脸上抹。

我急忙跑开,也没有当一回事。但是心中到底有些意不平,忍不住往边上看了几眼。

陈小艺就笑:"别看了别看了,人家早回教室了。"笑完了,却忍不住嘀咕了一句:"真是的,连这么一点礼貌都没有。"

我没有搭腔。与陈小艺两人回了教室,气氛有些沉闷。

只是等我回到教室又有些意外:周巧儿竟然没有在教室里,连饭盒也不在。

忍不住嘀咕:难不成弄错方向,迷路了?

做了几道数学题,周巧儿始终没有回来。我想去餐厅那边看看,但是门口有人叫我——谢老师找我了。

07

我们的谢老师 我们的 QQ 群

谢老师找我也没多大的事儿,就是把关于周巧儿的事情,又叮嘱了我一番。我笑眯眯地向老师保证:"老师,你放心,我们保证让周巧儿同学宾至如归!"

谢老师笑骂了一句:"都跟吴张桐学,学了一张嘴皮子!嗯,去与同学们说,QQ 群里少聊天,少聊游戏,好好讨论讨论题目才是正经。"

谢老师一句话轻描淡写,我却是禁不住浑身冒冷汗——谢老师居然知道我们班级有 QQ 群的事儿了?

谢老师看着我,语重心长地说:"夏苔米,你向来懂事。有 QQ 的确是方便了,新时代的人嘛,肯定要多掌握几种新型的联络方式，这没错。但是玩 QQ 要控制一个度，如果天天聊天，耽误学习，那就不对了。如果用 QQ 加上陌生人，与陌生人交友，那就更不对了。网络时代，你根本不知道坐在网络另一端的是一个人还是一只狗，是不是？你还是学生，而且是品学兼优的学生，理应将学习放在第一位，你说是不是？"

我能说什么呢，只能点头。不能说话，不能反驳，对长篇大论综合征，我们只能顺其自然。这是经验之谈，全班同学都知道。

谢老师又对我做了几分钟的思想工作，确保我听进去了，才吩咐我回去："你去把方丽给叫来。"

没精打采地回到教室，叫了方丽，低声叮嘱："QQ 群的事儿，被老师知道了。"方丽也紧张了。

我回到位置上，周巧儿已经回来了，刚刚经受一番精神洗礼，我也没有与周巧儿说话的兴致，点了点头，打了一个招呼，就拿出数学本做题目。但是那些简单的题目我怎么也看不进去，于是就坐在位置上发呆。

方丽终于回来了，脸色也不好看。她走到吴张桐面前，低声说了两句话，于是，吴张桐也起身前往老师办公室去了。

过了好长时间，吴张桐终于回来了，然后陈小艺走出去了。

然后是林诗涵。

然后是黄雨轩。

然后是江心玉。

反正班里前十名的同学,排着队上老师办公室。

班里有些吵闹,几个男同学正在玩弹子跳棋,几个女生正在讨论流行歌曲,还有黄洋他们,正在叽叽歪歪谈论暑假玩的游戏。只有少数几个人,在百无聊赖地写作业。

方丽猛然站起来,大声叫道:"给我安静!要吵出去吵!"

教室里蓦然安静了三秒钟,所有的人都像被按了定格键。三秒钟之后,一切恢复如常,黄洋懒洋洋地问话:"班长大人,谁踩着你的尾巴了?"

吴张桐走到讲台前,拍了拍桌子,说:"黄洋,态度放端正一点,从今以后,教室里绝对不许谈游戏,放学之后家里也不许玩QQ,我们班级的QQ群也解散了,知道没有?"

黄洋仍是懒洋洋的:"吴张桐,你怎么也和班长大人一个鼻孔出气了?再说,你又不是班级群的群主,班级群解散不解散,你说了不算……哈,发生什么事儿了?"

方丽跑下讲台,趴在自己的桌子上,不再说话。我看见方丽的肩膀一耸一耸的,很明显,眼泪冒出来了。

陈小艺站起来说:"什么事儿?很简单,有人告密了呗!谢老师生怕我们用QQ群抄作业,怕我们利用QQ群联合起来做坏事,把我们一个个叫过去批评了一顿呢。你说这叫什么事儿!"

黄洋怒道:"哪个奸细敢告密,老子吃了他!"

吴双也叫道:"真不仗义!"

下面的同学都在议论。

我侧头看了一眼周巧儿。她正埋头做英语作业,听闻大家喧哗,抬起头来,满脸都是莫名其妙。看了一会儿,似乎没弄明白到底发生了什么事儿,又低头做作业去了。

我说:"好了,这事儿大家知道就行,谢老师也没有说啥,就让我们不要耽误学习而已。中午休息还有半小时,大家要打盹的打盹,不打盹的,将英语作业本翻到第一页,还有半小时的时间先把英语作业给做了,不懂的问我。"

吴张桐也反应过来,说:"大家赶紧做英语作业,做完抱给托尼批改,新学期嘛,给他留个好印象,老师也要我们哄一哄的……"

大家哄然笑开了。吴张桐继续说话:"做完的人有空可以做数学,不懂的问我,身为一个优秀的课代表,我决定为我们班的同学鞠躬尽瘁死而后已。为了给同学们解题,耗费我再多的生命都不在话下……"

方丽终于抬起头,破涕为笑,叫道:"吴张桐,少搞怪!你坐下来做作业!"

校长从我们窗外走过,嗯,很好,教室里静悄悄的。

我看了一眼身边的周巧儿,心中有些羡慕。

当我们这些人为身边很多琐事烦恼的时候,周巧儿却能安安静静地做作业。

简单一些,果然是有好处的。

我原以为,这事儿就到此为止了,班里的同学都经历了一场小型风暴,只有周巧儿置身事外。我不知道的是,周巧儿才是风暴的核心。只不过,现在,风暴还在酝酿而已。

下午有一节数学课。李老师夹着一把大戒尺来了,连一贯懒洋洋的黄洋也打起了精神。只是李老师上课,不像谢老师上课那般旁征博引,给我们打开一个又一个新奇的世界,也不像托尼上课那般妙趣横生,穿插着各种各样的互动小游戏。他只是不停地在黑板上刷题,刷满了一黑板再刷上一黑板。黑板上,只有黑白两色,单调而且乏味。

我喜欢文科。就如所有典型的文科生一样,我可以吟风弄月、无病呻吟,然而一旦对上一黑板的数字符号,脑子就死机了。李老师已经刷满一黑板,我才看完左半边的题目,右半边还没有开始看呢……好吧,李老师又将黑板给擦干净了。

这道题目……前半道我会了,后半道我不会。

王老师上课的时候我有秘诀,那就是拼命地抄。抄完了,回去再仔细琢磨。没办法,我的脑袋转得慢一点,只能课后多花功夫来解决。

可是这招数用在李老师身上就不行了。李老师写字的速度比他讲课的速度还要快,我根本来不及抄。即便是机械地抄也不行。来不及。

李老师低头去喝水。我终于捡了个空,看了一下身边。周巧儿专心致志;陈小艺的脖子伸得老长;林诗涵皱着眉头;就连女生中的数学高手江心玉,也是一脸的生无可恋。我倒是想回头去看看吴张桐脸上的表情,但是他被我算计到最后去了,看不到。

李老师喝完水,又唰唰唰在黑板上写了一道题目,说:"好了,同类型的题目咱们也讲了几道了,这一题给你们做,谁来说说解题思路?"

如果是王老师上课,至少能举起三四只手,有时还有七八只。吴张桐是每题必举的,黄洋也是每题必举的——吴张桐是因为每道题目都会做,黄洋是每道题目都要来凑热闹。

但是现在,教室里鸦雀无声。

第一是与李老师不熟悉。第二是李老师是出了名的严厉。第三是这道题目实在太难。

李老师的眼睛在教室里扫了一圈,他开始叫名字了:"吴张桐,你来。"

吴张桐站起来,黑脸上竟然浮起一丝红晕:"老,老师……我还在思考。"

李老师的目光落在我脸上,片刻之后开口:"上学期总分第一的,夏苔米,你来。"

大祸临头。泰山崩塌。一时间,我心中无限痛恨,吴张桐,你上学期期末作文为何要写大长腿！你将第一名送给我，现在是叫我难堪啊，你别不是故意的吧……

好在有吴张桐的例子在前，我也可以自我安慰："老师……我也还在思考。"

正常情况下，教室里应该响起低低的笑声。但是现在，教室里很安静、很安静。

然后是方丽。方丽也很诚恳地表示："我还在思考。"

李老师将手中的课本往讲台上一砸，脸上骤然浓云密布："今天是九月一日！今天是六年级的第一天！今天还是我们师生的第一次见面！你们就这样上课给我看？就这么不认真？同样的题型，我讲了整整四道，整整四道啊！全班四十个人，居然一个也没有学会！你，吴张桐，你平时不是说最喜欢做奥数题吗？你居然不会？你居然不会！你，夏苔米，你父母都是老师，你就这样上课？你，方丽，你还是班长呢，你要给大家做好榜样！真正的学习不是摆出一副乖学生的姿态就行了，你们要带着脑子学习！你们必须带着脑子学习！全班都没带脑子来！等下放学，全班都留下，我给你们补课！记住了，我用休息时间，给你们补课！……"

李老师语重心长、恨铁不成钢，教育起我们来，就像那黄河的壶口瀑布声势惊人，又像那长江三峡大坝泄洪一般，滔滔不绝。

突然，李老师的话音停了。片刻之后，他才问道："那位女同学，你举手做什么？"

我这才注意到,正当长江泄洪的时候,我身边的周巧儿,居然举起了手。

周巧儿怯生生地说:"老师,这道题目,我会。"

新来老师爱留堂

而后,在三十九双眼睛的注视下,周巧儿走上讲台,开始书写。她的字迹有些淡,字也有些歪歪扭扭。但是三四个步骤写下来,手也没有停下过,很显然,周巧儿的思路很顺畅。

周巧儿写的步骤,我居然全都看懂了。

而且我还跟得上周巧儿写字的速度!

我看了一下四周,边上的同学都专心致志地看着,很显然,不是我的脑子突然开窍了,而是周巧儿写的步骤比李老师的要详细,所以我看懂了。

然而,我高兴得太早了一些。因为李老师很快就说话了:"好了,周巧儿,你很好,接下来不用写了,你只要将解题思路说给我听就行,简单一些。"

好吧,周巧儿说话了,巴拉巴拉……我眼前又开始冒星星。

毋庸置疑的是,这节课之后,周巧儿成了全班同学眼中的英雄。李老师离开教室之后,全班同学都围在我们座位周围,就连死猪不怕开水烫的黄洋,也远远站着,对着周巧儿喊:"周巧儿,601班同学感谢你!"

更多的同学是来问题目的。刚才这节课,让大多数同学在云雾里转了三圈。只是大家围了几圈,即便是里面的人,也听不见周巧儿说话的声音。

更何况周巧儿的方音的确有点重。

吴张桐站在讲台前,大声说:"大家让一让,让一让,欢迎我们的女英雄上台为大家讲解题目。大家鼓掌欢迎!"

这也是一种解决策略。周巧儿还是有些不好意思,但被我们推搡着上去了。刚开始讲的时候,她还有些结巴,后来越讲越顺畅。她讲解,吴张桐在黑板上写字,不过七八分钟的时间,就将一道大题目讲完了,而且最关键的是,大多数同学都听懂了。

当周巧儿走下讲台的时候,下面响起了热烈的掌声。

周巧儿的小脸蛋涨得通红,她的眼睛里放射出兴奋的光芒。

我看着她的微笑,心中也开出一朵花儿来。

后面一节体育课,周巧儿又让我们大吃一惊。她居然会踢毽子,而且是花式毽子!

一个毽子,像一个小精灵般,在她的前面蹦跳,从她的身后飞出来,从她的腿脚下面钻出来,她的身子在晃荡,她的腿脚也不停地变换着奇特的角度……让人应接不暇,叹为观止。

踢完毽子,周巧儿的眼睛亮晶晶的,对我说:"苔米,我喜欢我们班,我原来的班级很好,现在我们班的同学也很好。"

她掰着手指头说:"陈小艺很好,方丽很好,金秀很好,软软很好……"

我微笑。手上捏着一张小纸条,那是左手边的陈软软递给我的:"你的同桌看起来很得意啊。"

我将纸条揉烂,扔到了垃圾桶里。

放学的时候我们遇到了意外。谢老师已经宣布放学,李老师却抱着一沓数学卷子来了。

教室里陡然安静下来,每个人的心底,都隐隐有一种不祥的预感。

李老师说:"今天上课效果很不好。

"所以我印了五道数学题,就五道。

"大家将这五道题目做完,我给大家讲一遍就放学。"

李老师说这话的时候,语气肯定,不容置疑。

大家你看着我,我看着你,心若死灰,面无表情。

而后,李老师又看着我的方向说:"当然,周巧儿,你已经掌握了,你可以将试卷带回家去做。"

周巧儿的脸上掠过一丝惊喜,急忙站起来,说:"谢谢老师!"

全班的目光,唰的都集中在周巧儿身上。周巧儿却恍若不觉,急急忙忙地收拾起了书包。

我拉了一下周巧儿的手。周巧儿回家当然没有问题,但是在全班同学都被留堂的时候她单独一个人回家,的确太惹眼。

只是周巧儿却不懂。她看了一眼试卷,把它塞进自己的书包,低声对我说:"跟之前那道题型一模一样,你肯定会做……不会的话,我明天再教你。我家里忙,先回家了。"

于是,周巧儿就背着书包,在三十九双眼睛的注视下,走了。也许是真有事,也许是根本不懂我的意思,她小小的身影就这样走出教室,消失在教室门口,消失在众人的视野里。

九月一日,我们被李老师留了整整一个小时,直到晚上五点钟。也幸好那是初秋,太阳落山比较晚。

放学回家的时候,我听见我前面不远,陈软软正在与林诗涵用方言兴高采烈地聊天:

"新来的这个周巧儿,觉得自己会做两道数学题就了不起了,全班都留堂,就她自己一个人走了!"

"呵呵,人家是觉得自己很了不起,今天体育课特特意来炫耀呢。"

"连最简单的英语单词'my'都念成鳗鱼的鳗,我都想笑呢,但是必须要给托尼老师面子……"

转眼三天过去。我们逐渐熟悉了李老师讲课的语速,也渐渐能听懂一些了;只是李老师却养成了留堂做题的"好习惯",每天五道题目,风雨不改。

当然,想要早些走也可以,只要在数学课上能解答出一道难题就行。吴张桐答了几道,我和方丽、林诗涵几个人也答了几道。当然,答得最多的还是周巧儿。

然而除了周巧儿,其他人虽然也得了"可以提早走"的特权,却一次都没用过。就连平日里看起来没心没肺的吴张桐也是一样。黄洋问他:"你怎么不早点回家?"

吴张桐的回答铿锵有力:"我们是同班同学,有福同享,有难同当!"

下面响起了掌声。

我转头看着周巧儿,周巧儿正埋头做作业,觉察到我的目光,她抬起头腼腆地笑了笑,说:"我家里真有事儿。"

我还能说什么呢。我就不说了。我费心费力想要将她拉入班集体,但是人家不领情,那又有什么办法?

我有点后悔,当初怎么就脑子敲坏了,主动要求与她同桌?

吴张桐虽然聒噪了一点,但是他的人品真的很不错呢。

又是一节英语课,托尼老师让我们三人一组,自由组队,练习对话。这是一种极常见的练习,在过去的三年里,我们操作过无数次。只是这次却有些不同。

以往我们班级是三十九个人,三人一组,刚好十三组。原先都有固定的搭配,组员之间也熟悉。

然而现在,我们班级却多了一个人。

陈小艺和梁珊珊已经在招呼我了,我没有细想就凑了过去。与陈小艺、梁珊珊对了两句词,才蓦然想起,我还有一个同桌。

扭头,就看见周巧儿正孤零零地坐在自己的位置上。四面都是喧闹的人群,她在人群之中,又在人群之外。

而托尼老师,正在给第一组单独辅导,根本没有注意到这边的情况。

略一迟疑,我就招呼:"周巧儿,你过来与我们搭一组吧。"

听见我招呼的声音,周巧儿赶忙过来了。却听陈小艺说:"我扮演的是妈妈,珊珊扮演的是爸爸,你扮演的是格蕾丝,她来了,念谁的词?"

陈小艺的声音冰凉冰凉的,有着拒人千里之外的味道。这不是我认识的陈小艺。

陈小艺的声音不响亮,但也绝不是藏在喉咙里。周巧儿的脸色瞬间灰白了,她就呆呆地被冻结在那里,动弹不得。

我有些怒了,说:"陈小艺!我不念了,让她念我的词!"

陈小艺翻了一个白眼,说:"你还护犊子一样护着人家呢。人家已经把你卖了数钱你都不知道!"

陈小艺,我们六年来一直是同桌或者前后桌。我熟悉陈小艺的每个白眼,每个说话的腔调。只是陈小艺现在的表现,却让我感到异常的陌生——

陈小艺这话到底是什么意思?谁把我卖了,谁在数钱?

陈小艺说:"你妈妈把你看得牢,连个宫斗剧都不让你看……不过呢,有些人虽然没看过宫斗剧,但是玩起宫斗来,那是无师自通炉火纯青……你知道不?第一天中午吃饭,我们还到处找人家一起回教室,担心人家迷路,结果人家却和谢老师有说有笑地一路走回教学楼了……"

九月一日中午,我与周巧儿一起吃饭,周巧儿向我们要鸡腿,我与陈小艺去洗碗,让周巧儿去水槽边上等我们,我们没有等到周巧儿,我以为周巧儿先回教室了,只是回到教室却没有看到她,我就被谢老师叫去谈话了……

三天前的事情,旋风一般在我脑海中扫过,所有的东西都被旋风扬起又砸下。

整个世界都乱七八糟。

我心里发紧,脸色肯定也不好看。我看着站在我身边只有一尺远的周巧儿,她的脸色也发白。

周巧儿紧紧咬着嘴唇,她似乎想要说话,想要为自己辩解。

但她终究没有出声。

然后她回到自己的位置上，坐了下去。翻开英语课本，叽里咕噜地念了起来。

她的口音很不标准，在一群同学喧闹的练习声中，轻却刺耳。

我很想走过去，询问一下那天的事情。但是我又害怕。这件事太过巧合，巧合得让我畏惧。

我并不完全相信陈小艺的指控，但也没有给周巧儿任何辩白的机会。我不知道对一个初来异乡的孩子来说，第一个朋友的这种态度会不会让她心寒——但是那时候，我的脑子一片空白。什么也没有想，什么也没有说。

我与陈小艺、梁珊珊练完了对话，但是对话的内容，我却一个字也没有记住。

帮助老师纠正坏习惯

这天李老师讲的是一个非常难以理解的知识点,上课的时候他照旧发了一通脾气,然后抽答。

出乎所有人的意料,数学强人周巧儿,竟一个字也没答出来。

李老师倒也没有生气——三天时间,足以让他对周巧儿留下非常好的印象,于是他很温和地点点头,说:"等下我讲慢一点,你听仔细一点。"

周巧儿很乖巧地点头,李老师继续讲题。

所以今天周巧儿没有获得提前离开的特权。

体育课照例是提前下课。回到教室,距离下节课上课还足足有二十分钟时间。吴张桐站在黑板前,拍了拍桌子:"同学们肃静!眼下有一件大事要与大家商量!有道是七天养成一个习惯,我们已经让李老师养了三天留堂的习惯了!再这样下去,我们的六年级将暗无天日!所以我们一定要想办法纠正李老师的坏习惯!"

"他是老师,我们是学生。我们能有什么好办法。"陈小艺表示不乐观。

"等下第七节课下课,我们就立马走人。"黄洋提了一个自认为靠谱的建议,"据我观察,第七节课下课到李老师进我们教室,中间至少有三分钟的空隙。我们只要有效利用这一点空隙,三分钟之内,教室里空空荡荡,李老师就没辙了!"

"可是如果这样的话,"黄雨轩表示反对,"我们第二天肯定还要挨骂,而且会被骂得更厉害,明天肯定还会留堂,而且会留到更晚!"

"李老师肯定会把这事儿告诉谢老师的。他肯定会说:'我说小谢啊,你这个班级学生不够听话啊,你可一定要加强教育啊。今天我晚一点去教室,他们居然就跑完了……'而我们可怜的谢老师,她只能站在李老师面前,点头说是是是,然后回头狠狠教育我们……"说话的是黄洋,他模仿着李老师说话,语气语调,惟妙惟肖。

"还有,李老师还会找校长告状,他在学校的资历比校长还要老,我们花了这么多的心思在校长面前留下一个好印象……"

"嗯,我们这个学期还要拿优秀班级呢,不能让李老师去校长面前告状!"袁雷虽然成绩不好,但是班级荣誉感挺强。

"你想多了,你以为我们做得认真,李老师就不告状了吗?在他眼中,我们做得再好,也是垃圾!"说话的是吴双,他对我们这个新上任的数学老师的人品,表示不乐观。

"不管怎么说,不能让谢老师为难。"林诗涵放下笔,看着大家,"谢老师为了我们也不容易。昨天我经过办公室门口,听里面几个老师在谈论宝宝的事儿,谢老师说,她无论如何都要等到我们毕业之后再要小宝宝。"

我们班的语文原先是陈老师教的。后来陈老师生小宝宝请假了,刚刚毕业的谢老师来接班。当时我们班黄雨轩的妈妈、江心玉的爸爸还有谁谁谁的家长至少跑了七八趟校长办公室,与校长谈接班老师的问题。

黄雨轩妈妈、江心玉爸爸他们一致的意见是:谢老师虽然硕士毕业,但是她才教书,是新老师,教学经验不足。另外,谢老师当时已经二十七岁,很快就要结婚、生小宝宝,到时候还得换老师。我们不要谢老师!校长你给我们换一个!

那些天,校长大人的额头都皱成松树皮了。

对老师们而言,像我爸爸妈妈这么省心的家长,还是比较少见的。同是教育系统的人,妈妈从来不掺和这种事情。听闻黄雨轩妈妈、江心玉爸爸他们的举动后,她还淡淡地嘲讽了一句:"真是吃饱了撑的。家长不给力,学校老师再强悍都没用!"

当时她非常深沉地对我说:"苔米,会不会读书,老师是一个很重要的因素,但绝对不是关键因素。最关键的还是你自己。所以你要树立好学习意识,养好学习习惯……"

后面还有很长的话,但是我记忆力不好,现在全都忘光了。

家长们给的压力实在太大,校长也很想抽调别的老师来接班,但是整个学校就像一个复杂无比的多米诺骨牌,随便哪里抽一块就会倒塌一大片。反复权衡之后,校长还是决定,要倒塌还是倒201班好了,反正201班学生离毕业还有四年多,有足够的时间将这些骨牌一块一块重新搭起来。

"由此可见,校长不是那么好做的,官帽子不是那么好戴的,所以我们安安静静地教书、玩点兴趣爱好就好。苔米,你也不要去做'官',不要去做什么班长、副班长,所有烦心的事儿都不要管。你那个宣传委员,能辞就辞了吧。"——关于这件事,爸爸是这样评论的。

作为一个中学美术老师,他最烦恼的事儿就是我们班每个月要出的黑板报。那时我们才是一二年级的屁娃,玉米棒子大的字才认识一箩筐,能出什么黑板报。

所以必须家长上阵。

所以爸爸每个月都必须在我们班级的黑板报上耗费四五个小时。

所以爸爸很烦恼。

谢老师就是在这样的背景下上任的。现在想起来,她那时的压力可想而知。但是她顶下来了,还成了我们的朋友。

我们跟随着她念唐诗宋词。我们跟随着她满大街去找错别字。我们跟随着她一个楼道一个楼道去看人家贴在门上的春联,如果看到有贴反了的上下联,谢老师就下楼梯躲到墙角,让我们敲门去告诉房子主人"不好意思,你的对联贴错了"……刚开始这么玩的时候,我是躲在人群当中的,生怕挨骂。然而林诗涵不给力,吴张桐磕磕巴巴说不明白,方丽只会说"贴反了",于是我终于忍不住,站在人群中大声说:"仄声字收尾的是下联!平声字收尾的是上联!你们贴反了!"

好吧,第一户人家还算客气,他们虽然不明白什么叫仄声字,什么叫平声字,但还是很客气地向我们道谢,然后"砰"的一声关上大门。后面也曾遇到不讲道理的人家,狠狠骂了我们一句"一群神经病",再关上大门。于是谢老师上场,给我们做心理疏导。

我们在操场上语文课,那是春风最和煦的季节,谢老师一边放风筝,一边教我们"草长莺飞二月天";我们春游的时候也上语文课,在大巴车上,谢老师用一大袋糖果作诱饵,引导我们背诵了一遍小学生必背古诗八十首;她给我们介绍各自的名字,讲到我的名字时,还在黑板上写了一首诗:

白日不到处,青春恰自来。苔花如米小,也学牡丹开。

她很深情地说:"你们每个小不点儿,都是一朵小小的苔花,但是你们都可以灿烂地开放。"

不过自那之后同学们竟然给我取了一个绰号,叫"夏牡丹",我反复"追杀"几个人之后,这个绰号终于被我消灭了。

一转眼,三年半过去,我们也临近毕业了。谢老师结了婚,给我们全班发了喜糖,但是她没有请婚假,也没有去蜜月旅行。我们猜测她很快就会生小宝宝,但是她的身材始终窈窕而纤细。

妈妈说,谢老师已经三十岁,再不生宝宝就老了。

所以我们很喜欢谢老师,我们不愿意谢老师被李老师或校长批评,我们希望每年谢老师都能拿到那张优秀教师奖状。

总的来说,可能会影响谢老师的事情,我们坚决不做。还记得那一次,黄洋与602班的人打架,害谢老师丢了脸,我们班的同学整整一个星期没有跟黄洋说话。后来黄洋拿了一大盒士力架来教室分,又往谢老师的办公室送了一盒,我们才放过他。

"那就只能算了。"方丽说,"李老师给我们留堂,让我们多学一个小时,也是为了我们好。我们不能好心当作驴肝肺。我们将李老师的心给伤了,他将来要是懒得教我们,那更糟糕。"

"方丽,不敢参与就直说,你出门左转,先溜达三圈之后再回来,就当这事儿是我们瞒着你这个大班长做的,老师追究起来,你一问三不知,也不会影响你在老师心目中标准的好学生形象。"黄洋又怪声怪气地说话,"出门左转,好走不送。"

方丽狠狠白了黄洋一眼,说:"我只是实话实说!不管怎样,我们都必须考虑清楚事情可能会导致的后果!"

我抬起眼睛,看着喧闹的教室,说:"我有办法,纯天然,纯绿色,没有任何副作用。"

一群同学顿时眼睛都发亮了。

吴张桐表情最为夸张:"夏苔米,我们班的女诸葛,你说,怎么办?"

"今天李老师留堂,我们都乖乖的。等五点或者五点半留堂结束,留下四五个人,每个人找一道最难的数学题,找李老师咨询。"

吴双叫起来:"不是吧,这样弄,我们要几点钟才能回家啊?李老师还不笑死,我们班同学竟然这么认真!"

我扫了吴双一眼。吴双缩了缩脖子,说:"我没学问,你别骂我,我闭嘴了。"

吴张桐说:"别废话,听夏苔米说!"

我说:"矫枉必须过正。李老师既然喜欢留我们堂,我们也留李老师的堂。四五个人,每人找一道数学难题,交给李老师,李老师看题目做题目再讲题目,一道题目最起码要五六分钟,四五个人,就是二三十分钟。那时就六点钟了,李老师肯定发急。他不急,师母也会急。这样试上四五天,应该就差不多了。"

同学们都笑了起来。

10

我的同桌不合群

"成,就这样!"吴张桐说,"只是四五个人太少,我们每天排七八个人,成绩好的同学找奥数题,成绩一般的同学找普通大题——书包里有课外数学练习册的,通通拿出来!"

黄洋说:"另外,我们分个组,大家排个队啊。同学们,辛苦四五天,幸福一整年,这样的事情,我们每个人都必须参与。来来来,来我这儿登记一下,先排五天,大家看看,谁哪天有空哪天没空记得要错开,都要提早分派……"

一群同学全都围了过去。

吴张桐说:"最早的提议是我出的,我就排今天第一个。"

我说:"我排第二个。"早点问完早点回家。

边上一群叽里呱啦的声音。方丽动了动嘴唇,终于说道:"黄洋,我排最后一天吧,这些天都有事儿。"

黄洋呵呵笑了一下,还是将方丽的名字写在了最后一天。

黄雨轩说:"也不能每天都是标准的几个人,今天排五个,明天排七个,名字没排进名单里的,只要有问题都可以去问。否则到时候刚好所有人问完一轮,也太刻意了。"

黄洋急忙说:"那是那是,我每天都去问一道。"

吴张桐说:"中午下午,凡是有问题的,随便哪节课下课,我们都要分几个人去一趟办公室,否则有问题都留到放学后,这也太明显了。"

江心玉说:"一道题目可以多问几遍,问完回教室,下节课再跑一趟办公室,就告诉李老师说,上节课休息的时候我会了,这节课下课我一看又忘记了。"

一群同学都哈哈大笑起来。

陈小艺说:"吴张桐,你多选几道难题,大家分头抄一下,你上午去问,我下午去问,他晚上去问,这叫一题多用,可以有效节省找题目的时间。"

一群同学都伸出了大拇指,这个主意666。

十来分钟的下课时间,一群人都将自己的名字登记了上去,黄洋数了一下总人数,问:"谁还没有来登记过?才三十九个人。"

陈小艺扫了一眼教室,说:"不用查了,我们班,本来就只有三十九个人。不过,呵呵,不要被人告了密才好。不过管她告密不告密呢,反正我们只是勤奋好学,找老师问问题罢了,再告密也掀不起浪花来。"

我看一圈教室。几乎所有的人都集中在靠窗的这边,靠门的那半边教室,就只有一个人。

我的同桌,孤零零一个人。

几乎所有的目光都集中在周巧儿身上,她却像没看见。

我看了看陈小艺,终于走回自己的位置上,捅了捅周巧儿,说:"我书包里有奥数习题册,你抄一道,等下老师留堂结束,我们一起去问问题。"

周巧儿看了看我,又看了看教室。

黄洋周围的人已经散了,大家各自回到位置上。闹腾了一场,美术课马上要开始了。

没有人往我这边多看一眼。

周巧儿咬了咬嘴唇,终于说道:"不了。"说完又补充了一句:"你们放心,我不会告密的。"

我心里有些不舒服,好久才说道:"你这样很不合群的。"

周巧儿说:"我每天放学有事,真的很忙,还是不参加了。"

却听见前面有人说道:"夏苔米,你别做烂好人了,人家这是国家总理,日理万机呢,哪里有空陪着我们瞎胡闹。再说,人家是数学尖子,做难题比吴张桐还要厉害,是李老师眼中的宝贝,就算今天留堂,也不过是凑巧罢了,她用不着陪我们战斗,浪费时间的。"

陈小艺说话阴阳怪气,周巧儿忍不住反驳:"李老师又有什么错?他牺牲自己的课余时间给大家补课!这么好的老师,大家不好好学习,还商量着怎么恶作剧对付他,你们这样做才不对。你们怎么不站在李老师的角度去考虑事情?反正我不参加!"

这话让我的脸上也挂不住了,于是将自己的桌子往外挪了挪,说:"好,你既然这样认为,那你随意。"

陈小艺笑嘻嘻地看着我,说:"看吧,夏苔米,你对人家好,千方百计照顾着人家,人家还不领情呢。敢情在人家这种品学兼优的好学生眼中,我们都是幼稚的小屁孩……不过,周巧儿,你记住了,你再告密的话,我们全班都会看不起你。"

周巧儿的脸涨得通红,她大声说:"我不告密!——上一次也不是我告密!——我连电脑都没摸过!我根本不知道你们说的是啥玩意儿!你不要往我身上泼脏水!"

陈小艺嘿嘿笑了两声,说:"没事,咱们601班,不是无间道,不玩地下党,你爱怎么说就怎么说吧,说不说在你,信不信在我。"

周巧儿低下头,再也不理睬陈小艺了。

我想要与陈小艺说点什么,又想与周巧儿说点什么。一时还没有想明白该怎么表达,美术老师就进来了。

好吧,这事儿我也不管了。我虽然觉得周巧儿有些可怜,但是禁不住周巧儿的情商是负数,我怎么也帮不上忙。

放学的时候,我是与陈小艺一块儿走的。那时已经下午六点钟了,李老师还在与三道奥数题奋战。第一天的计划很成功,李老师没有看出任何破绽。

我想了想,终于对陈小艺说:"那天告密的事情,也许不是周巧儿做的。我觉得她不是这样的人。"

陈小艺说:"你觉得?夏苔米,你真的要抽点时间看看《甄嬛传》了。那些宫廷里的美人,一个个都貌美如花,看起来就像一尘不染的白莲花,但实际上全是杀人不见血的霸王花!"

我说:"我妈妈不让我看《甄嬛传》。她说《甄嬛传》歪曲历史,宣扬的是人性之恶,我们不应该看那种电视剧,生活中根本不会有这么坏的人!"

陈小艺扑哧一笑。她歪着脑袋看着我,说:"安啦安啦,别激动。孟子说'人性本善',荀子还说'人性本恶'呢!反正公说公有理,婆说婆有理,我们现在还是小孩子,不知道大人的脑子里怎么想的。你妈妈说生活中没有那么坏的人,那是因为你妈妈是好人,很善良,所以她不会想得那么复杂!"

陈小艺那强悍的逻辑,我实在无法辩驳,好久之后才说:"反正不管怎么说,我觉得周巧儿不是那种告密的人。她才从山区里来,连电脑都没有用过。"

陈小艺嗤笑了一声,说:"你这种烂好人的思想,我真是服了。"

顿了顿,陈小艺又说:"之前几天,我们对她也算推心置腹了吧?我们都向她自我介绍了,我们对她说了自己的名字、自己的兴趣爱好,说了爸爸妈妈的职业、自己的理想……但是她与我们说了啥?她就与我们说她叫周巧儿,来自贵省,别的什么都没说!我还邀请她去我家玩呢,江心玉还邀请她去琴房看她练琴呢……但是她连爸爸妈妈做什么都不告诉我们,也不邀请我们去她家玩。每天放学,呵呵,一句'我家里有事儿'就自己一个人先溜了。我看,人家仗着自己是学霸,想要争一个三好学生或优秀队干部呢,所以要藏着掖着,不想与我们交往太深!"

陈小艺叽叽呱呱一番话,我觉得不对,但又不知从何反驳。

现在想起来,周巧儿的确一直与我们保持距离。我与她说了很多闲话,她除了告诉我她有个奶奶,她家有柚子树,她在小时候没看过电视,其他的,她似乎说了很多,但是又似乎什么都没说。

这个发现让我觉得有些蹊跷——陈小艺的分析,好像也有点道理。

陈小艺说:"她是要做三好学生、优秀队干部的。你看李老师都已经把她当宝贝了,所以她根本不想跟你说太多东西。正所谓言多必失,万一说多了,你知道了她的弱点,将来你们站在台上竞争的时候,你利用她的弱点对付她怎么办?"

我失笑。陈小艺真的是宫斗剧看得太多了。周巧儿只是一个从山区来的土老帽,她才没那么多心思呢。

但，正如陈小艺所分析的那样，周巧儿有意无意地，一直在与我保持距离。我与她说妈妈管理我时的专制，说妈妈的两个职业，说爸爸的烟瘾和他那乱七八糟的印象派画作，但是她从来没有与我说起她的爸爸妈妈，甚至连她爸爸妈妈的职业和工作单位都不曾说起。

我是拿过全班第一名的人，尽管这个全班第一名有一些运气的成分，但总是让我骄傲的。这样有意无意的疏离，多少伤了我的自尊心。

还是保持距离吧，相安无事，挺好。

不过我依然是班里的英语课代表，必须管着黄洋、吴双、陈软软、金秀那几个英语后进生的学习进度。看在托尼老师如此器重我的份儿上，我也要帮他将班级英语的及格率、平均分给抓好。

有一种妈妈叫金秀妈

分分分,是学生的命根;分分分,也是老师的命根。每个学期期末,全镇几个学校同年级段的所有老师都要参与排名,排名比的是所谓"两率一分"——及格率、优秀率再加平均分。这"两率一分",决定老师是受表扬、拿奖金还是挨批评、被警告。我们班级的优秀率向来很不错,但是及格率和平均分总是差一点。主要是因为几个低分同学,拉后腿拉得太厉害了。

有时候觉得,这个评分真的很无聊、很莫名其妙。

教育部的领导说,不能用考试分数来评价一个学生,学生需要素质教育;但是学校的领导依然用学生的分数来评价老师,这叫我们的老师怎么对我们实施素质教育?

我现在最重要的任务，就是将班里那几个英语后进生的成绩给提上去，原先是四个，现在又多了一个——周巧儿。周巧儿笔试成绩还行，但是听力考试部分一塌糊涂。但是想来想去，在提高英语听力方面，我也没有什么好办法。

每天中午十二点到十二点半，是英语互助小组的活动时间。之前三天因为各种事情耽搁了，今天天朗气清，惠风和畅，英语小组开张大吉。

吃饭之前我就与四位同学交代好，十二点钟，大家拿着书本，在学校操场东北角的大樟树底下见。吃饭的时候，我也顺口同周巧儿交代了一句，周巧儿也答应了。只是她脸上依然没什么表情。

只要你愿意学习就好，我尽好英语课代表的本分就是。

于是我几口扒拉完饭，上水槽那儿冲了冲饭盒，与陈小艺一道跑回教室，提着录音机前往操场角落。

陈软软与金秀已经在了，正在进行英语对话练习。陈软软与金秀都是沉默寡言的那种，别科成绩还属中等，英语成绩却永远在七十分上下，将来进中学就要不及格的。说起来也不是她们读书不用功，实在是她们在语言学习上缺一点天赋。

说来气人，学习这玩意儿，的确是需要一点天赋的。像吴张桐，也没见他刷多少数学题，但是人家看到奥数题就来电。或者我，别人怕谢老师上作文课，我掰着手指数日子等谢老师上作文课。

妈妈爸爸都是老师,我们家书柜上有不少教育学、心理学的书籍。我也翻了几本,几乎每本书上都写着:学生都有个体差异性。

于是我就想不明白了,既然学生都有个体差异性,那么为什么一定要让我们每个人都学一模一样的功课,考一模一样的试卷,让我们每个人,都变得一模一样?

为什么每个学生都必须全面发展,而不能让每个学生专注发展自己的兴趣与特长?

尤其是英语——其实我不讨厌英语,但陈软软曾抱怨说,她将来肯定是要去做一个烘焙师的,她最大的志向就是在我们的城市里拥有一家美名远扬的烘焙店,烘焙出天下最美味的蛋糕和面包。她不想考大学,而是想进最好的职高学习烘焙,她认为自己一辈子也不会需要外语,那么现在死记硬背,学会伦敦腔又有什么用?

陈软软说得好有道理,我竟无言以对。

金秀身边还摆着一个大袋子,里面装的都是散装的小零食。看见我和陈小艺过来,她放下书本,对着我们笑,从袋子里掏出零食:"你们吃,薯片、辣条、奥利奥、士力架、巧克力豆……你们要哪一种?"

我摆手拒绝,说:"才吃了中饭就吃零食,不好。金秀,你怎么又买了这么多零食?"

金秀将手中的零食硬塞到我和陈小艺手里,说:"没办法,我老妈宠着我,每天晚上都会检查我的书包,零食不够就往里面塞。你看,都是有牌子的,干净、卫生、有保证。你们爱吃什么就先拿着,等下我们读完英语,我拎回教室去分。"

陈小艺接过士力架,塞进自己的口袋,脸上却是愤怒极了:"再这么秀母爱,我就打死你!"

金秀嘿嘿地笑。

金秀在班级里是非常普通的那一种。成绩不算好,相貌也普通,又没有什么音体美特长,在考试、比赛、演出上都没有光辉耀眼的机会。然而有一样,却令全班同学都羡慕。

那就是——她有一个经常往她书包里塞零食的妈妈。在过去的几年里,她几乎每天都会拎一袋零食进教室,几乎每天都会往要好的同学口袋里塞零食,几乎每周都会拿着零食给全班分发一遍……

金秀的衣着很普通,但就零食的品质来看,她的家庭经济情况,在我们班里应该属于上游。

对金秀这种情况,谢老师也曾感到很头疼,还特意找金秀谈了几次话。但是金秀每次都诚恳认错,然后第二天又会拎着零食进教室——谢老师见教育没有效果,也只能算了。

毕竟她又不可能真的在教室里禁绝零食。

这个学期金秀还没有在教室里分发过零食,我还以为她妈妈终于改变这种溺爱的方式了呢。

陈小艺幽幽地叹息了一声,说:"有一种妈妈叫夏苔米的妈妈,知性美丽,从不骂人;有一种妈妈叫金秀的妈妈,给孩子准备零食,从不心疼……"

哈,勉强还押韵呢。

金秀笑了,很满足、很幸福的样子。

说了两句闲话,两个男生也到了。他们俩对零食有点不感冒,但出于礼貌,还是各拿了一样。然后陈小艺就看了看手表,说:"时间到了,我们开始吧……哦,夏苔米,你的同桌看不起咱们这个英语小组,第一次活动就迟到了。"

我也看了一下手表,果然已经过了十二点。周巧儿迟到了。

黄洋说着"我去找她",就要往教学楼飞奔而去 —— 我知道他的想法,哪怕能少学两分钟的英语,也是好的。

陈小艺怒了,喝道:"黄洋,站住!周巧儿来学校也有四天了,又不是不认路!你不要浪费自己的学习时间!"

黄洋停住脚步,巴巴地看着我。见我没有其他表示,只能悻悻地一步一步走回来。

吴双笑眯眯地说:"周巧儿肯定要迟到的,你去教室找也没有用,人家现在还在食堂呢。"

我有些诧异。还在食堂?周巧儿吃饭的速度又不算慢。

吴双说:"昨天我吃完饭突然想起一串钥匙落在饭桌上了,问了一下同学都没人帮我带来,就跑回去拿。却不想看见她正一桌一桌收肥肉呢。这个周巧儿,真的是个乞丐!"

陈软软说:"她家养了狗狗,她收了肥肉是要回家喂狗狗。我们第一天就知道了。"

"收了肥肉回家喂狗狗?"吴双说,"不对啊,我看她都是挑整块的肥肉拿,那些咬了两口的肥肉,她都没要,扫到垃圾桶里去了。她家的狗狗不会这么挑食吧?

这话让我更诧异了。但是,一看时间,我又生气了:"少聊乱七八糟的,赶紧听录音!"

我点开录音,大家跟着录音念起来。我与陈小艺就纠正他们的读音。说起来,黄洋的口音倒是很标准,但他是一个字母白痴,无论多简单的英语单词,他都会拼得莫名其妙。

我们只能督促他多读课文和单词,培养培养语感,争取多记住几个单词的拼法。

12

卖酸辣粉的男人

将第一课听完、读完之后,周巧儿终于到了。她额头上有亮晶晶的汗珠,看着我说:"不好意思,我来晚了。"

陈小艺说:"夏苔米,你辅导他们几个,我回去做数学了啊。"转身扬长而去。

我让周巧儿翻好课本,继续放第一课的录音。几个人继续跟读。只是周巧儿声若蚊蚋,黄洋的声音震耳欲聋,听起来实在不大和谐。

我摁了暂停键,对黄洋说:"你声音放轻一点儿!"又对周巧儿说:"你声音放大一点儿,我听听你的口音。"

"这不是我的错啊,课代表大人。"黄洋大声诉苦,转头教育周巧儿:"周巧儿,你得将声音放大,放大,放大!以前有一个疯狂英语的创始人叫李阳,你知道不?这个李阳有一个口号,叫'不怕丢脸'!你不能这么害羞,这么怕丢脸,你要知道,如果怕丢脸,那你就永远学不好英语……"

得了吧,自己的英语还考不及格呢,教训起别人来却是一套一套的。我瞪了黄洋一眼,说:"这些大道理,等下我复述给你家叔叔听。周巧儿,这几个单词,你重新念一遍。"

她又念了一遍,还是完全不对。我说:"你跟着我念。"

周巧儿就跟着我念。但是她连普通话都没说好,念单词实在太为难她了。黄洋与吴双在边上吃吃地笑。我越加焦躁,念单词的调子就略重了一些。周巧儿又跟着念了一遍,但音调依旧不准,我实在不耐烦了,说:"算了,下一个单词!"

但是读完后,我没有听见跟读的声音。片刻之后,黄洋的声音响了起来,读完了,他笑嘻嘻地说:"课代表大人,有人不肯读,不给你面子,我跟你读,给你面子,你说我是不是好人?"

我转头看周巧儿。只见她低头看着地面,脸笼罩在一片阴影里,看不清表情,但是抽鼻子的声音却格外清楚。

我有些尴尬,也有些手足无措。

四下里静悄悄的。半晌之后,黄洋又说话了:"我说周巧儿,你干吗这样呢,我们又没有欺负你……别哭了。夏苔米,你们女生就是麻烦,那个林黛玉说的真不错,女人都是用水做的……"

我忍无可忍,纠正黄洋:"贾宝玉!"

黄洋愣了愣,说:"不对啊,我看过电视剧,贾宝玉是男人,男人怎么会是水做的?夏苔米,你怎么会连贾宝玉是男人还是女人都搞不清楚?"

这么杂七杂八地瞎掰,终于让边上的两个女生忍不住,扑哧笑开了。

陈软软纠正黄洋:"夏苔米是说,说女人是水做的这句话的人是贾宝玉,不是林黛玉!"

黄洋愣了一下,决定认错:"嗯,这些名人名言之类的玩意儿,我是搞不大清楚。不过周巧儿,你真的不能哭了,你又不是林黛玉……"说着,居然从口袋里掏出一包纸巾,给周巧儿递了过去。

周巧儿接过纸巾,低声说了一句"谢谢",抽出一张,擦了擦眼泪。然后将剩余的纸巾还给黄洋,又低声说了一句"谢谢"。

我又摁下录音机,一群人继续跟读。我接着纠正几个人的读音,也带了周巧儿几次。遇到实在无法纠正的,我也就放过了。

我终于明白,我与周巧儿之间,有一条看不见的鸿沟。周巧儿也许告密了,也许没有,但是这对这条鸿沟的宽度、广度与深度,没有任何影响。

这条鸿沟,在我们出生之前,就已经存在。我的父母是小知识分子,他们教导我从容、淡定、大方、微笑着面对所有的困难,绝不轻易将脆弱的一面展示给别人看；而她的父母只是山区出来的小农民，从小到大没有给自己的孩子多少关怀。

她在数学上的天赋叫我惊羡，她踢毽子的动作也让我叹为观止，但是她的言行与举止，为人与处世，世界观与人生观，都与我有着很大的距离。

她的品性，也许不像陈小艺想象的那么坏。但是这些与品性坏不坏没有任何关系。反正我已经累了。我会继续帮她学习英语，但只是尽课代表的职责而已。

想明白后，我心里莫名轻松了很多。半个小时的时间很快就过去了。我们回到教室，纪律委员房大梁正与林诗涵一起，督促大家完成语文作业。校长从我们教室的门外走过，他笑眯眯的表情，让我知道他很满意。

我们是非常优秀的601班，我们班在下课的时间从来不打闹而是安心学习做作业，我们班的班干部、课代表非常给力，我们趴在桌子上做作业的神情姿态都非常标准、非常一致，如同一个模子印出来的标准产品。

老师与校长喜欢标准化，我们就给他们标准化，虽然我们也很希望个性化。

下午的英语课上，托尼照旧抽周巧儿读课文。也许是因为中午听了几遍录音的缘故，周巧儿的朗读居然没出几处错误。托尼表扬了周巧儿，又表扬了我。

课后，周巧儿居然递给我一张纸条，上面只有三个字：谢谢你。

我有些猝不及防，抬眼看她，只见她略带腼腆的笑。我将纸条揉成一团塞进了书包。

放学情景照旧。周巧儿在留堂之前就走了。我们留堂做了五道数学题，老师分析完毕，然后我们又组队去问问题。我昨天去问过了，不过我也不急着回家，于是翻了半天奥数习题本，终于找到一道满意的题，与陈小艺一起，插队又晃荡了一圈办公室。

回家的路上，陈小艺说她肚子饿了，想要吃麻辣烫。我知道，这肯定是因为陈小艺口袋里有零花钱了。陈小艺什么都好，就是口袋里藏不住零花钱，只要妈妈给两块钱，就一定要花掉才罢休，只是她爸爸妈妈都不是大款，做不到像金秀那样大手大脚。

于是我瞪眼看她，说："回到家就六点了，你妈妈肯定已经做好饭了，你吃一顿麻辣烫回去，肚子还能装得下饭菜不？还有，谢老师也教育过我们，街上的麻辣烫，不干净！"

陈小艺就笑着央求："就吃一串，我们合着吃一串，就买两元钱的豆腐球，肯定不会影响吃晚饭。再说街上那么多人吃，也没见几个人吃出病来嘛。"

我径直往前走。话说出了我们学校门口，随便往左转还是往右转，都能看到几十个小吃摊子，卖油煎饼的，卖麻辣烫的，卖烤串的，卖烧饼的，卖一盒一盒的小蛋糕的，卖一杯一杯的水果沙拉的,还有卖各种零食小玩具的……琳琅满目、香气扑鼻、诱人无比。

每次我都是目不斜视地走过。

我的书包里是有零花钱的,每天雷打不动的十元钱。妈妈说我虽然用不到钱,但还是预备一点比较好,不过绝对不能乱花。我点头答应了,于是每天早上妈妈往我书包里放十元钱,晚上回家妈妈从我书包里拿出十元钱检查一番后收起来,第二天早上再放回去。满满的仪式感。

小学二年级的时候我不懂事,放学的时候看见小吃摊禁不住馋虫发作,于是买了一串麻辣烫、一小杯水果沙拉又买了一根长长的羊肉串,终于将十元钱全都花光。那时候我还蛮有成就感的,因为那长长的羊肉串要五元钱一根,我讨价还价用四元五角就将它拿下了,当时还打算回家与妈妈夸耀一番。

然后,我经历了一场和风细雨的洗礼。

妈妈的中心论点只有一个:绝对不能乱花钱。妈妈的论据有三条:外面的东西不卫生,外面的东西不干净,外面的东西吃多了会生病。

从此之后我再也不敢买零食。书包里放着的钱,就是一种道具,像过年时候外婆摆在桌子上的假鱼假肉一般,只是用来给我撑撑面子、装装阔绰的。

我相信妈妈是对的,小孩子不能乱吃零食,不能乱用零花钱。

但是这依然不妨碍我羡慕陈小艺，羡慕江心玉，羡慕所有可以随意买零食的人。他们书包里口袋里也许只藏着三元钱，或者两元钱，只能买一个小包子、一个冰激凌、一包小辣条，但是他们的确能自己用。

在陈小艺那恳切的目光下，我终于点头表示同意："好，只买一串。"

因为时间不早，路上的小摊子已经不多，陈小艺惦记的麻辣烫摊子已经收工回家了。陈小艺逡巡一圈，眼睛又发亮了——这儿居然多了一个新摊子！

新摊子是卖酸辣粉的，陈小艺一声欢呼："我上次在东门口附近吃过，可好吃了！"说着就往酸辣粉摊子冲过去。

那卖酸辣粉的男人，抬起头，对着陈小艺笑。

然后，陈小艺站定了，迟疑了，我也停住了脚步。

那个卖酸辣粉的男人……很眼熟。

我有脸盲症，总记不住人的脸，而且这个肩膀一边高一边低穿着围裙的男人的衣着，与那日所见完全不同。

一定是我认错了。

13
被掀翻的小摊子

我没有走过去,就站在远处看着。

陈小艺迟疑了一会儿,还是走过去买了一杯酸辣粉,一元钱。只是那酸辣粉真的没有什么味道。

终于,陈小艺说:"那男人……也可能不是周巧儿的爸爸,或许是我们看错了。"

我说:"嗯,可能是我们看错了。"

陈小艺又说:"也难怪周巧儿不肯说自己爸爸妈妈在哪里工作,是做什么的。"

我说:"卖酸辣粉也不丢人。只是他的酸辣粉真的不好吃。"

我们的话题到此为止,陈小艺又吃了两根粉条,将酸辣粉杯

子扔进了路边的垃圾桶。

正在这时,我们听见身后响起一片嘈杂的声音。我们惊讶地回过头,看见身后的道路上,仅剩的几家小贩都在慌忙收拾东西。卖饼的正在往三轮车上抬炉子,卖甘蔗的拼命踩三轮,卖橘子的橘子都从摊子上滚落了下来——他们就像一阵旋风,从我们身边飞卷过去,甚至还扬起老大的灰尘。

我从来没有见过这等场面。陈小艺拉着我走到人行道边上,见惯不惊地说:"他们是在躲城管。"

哦,"躲城管",我在网络上看到过这个词。陈小艺看着慌慌张张从我们身边掠过的人群,感慨地说:"他们真可怜。"

我迟疑了一下,说:"乱摆摊子是不好,都妨碍交通了。"

陈小艺说:"这都是大人的事儿。"

后面传来厉声呵斥的声音,东西噼噼啪啪、稀里哗啦倒塌的声音,小贩们哀求的声音,我们两人回过头去,就看见身后停着一辆皮卡车,有几个穿着制服的人,正将一辆三轮车往皮卡车上抬。

皮卡车边上站着一个人,身材很高很瘦,肩膀一边高一边低。

夕阳的余晖里,他的身影被拖得好长好长。

皮卡车突突地开走了,我们也继续往前走。走的时候我回头看了一下,肩膀一边高一边低的男人,依然站在风里,就像校园外面那棵枯萎了的老树。

莫名的，我有些不高兴。我告诉自己，随地乱摆摊子是不对的，城管没收他们的东西是对的。但是只要想到那个失魂落魄的男人极有可能是周巧儿的爸爸，我就觉得晚饭都没有了味道。

连我最喜欢的鲳鱼都只吃了一口。

然而第二天早上的时候，让我更不高兴的事发生了。

早上第一节课是早读课，从七点二十分开始。那时教室里只有一半人，而且到校的同学都只顾着在教室里嬉戏吵闹，校长很不满，于是要求早读时间提前。

校长说："只要教室里有两个人，你们就要开始早读，开始齐读！读语文、读外语，你们要将读书的气氛营造起来，那么其他调皮捣蛋的同学，也不好意思吵闹，也会乖乖读书了！"

校长说的是对的。我们也严格按照校长说的话执行了。作为优秀班级，我们的表现向来很驯服。

照例是我和林诗涵两个人轮换着管理，纪律委员和班长大人协助。

教室里已经到了二十来个人，林诗涵已经在辅导大家读课文了。声音琅琅，抑扬顿挫。只是我身边的位置依然空着，不知怎么的，我心中有些不安。

看见我坐下，我身后的陈勤就站起来，身子俯到前面，对着我的耳朵说："你知道不，周巧儿的爸爸在校门口摆摊子，卖酸辣粉。"

我看了看陈勤，又看了看前面的陈小艺，陈小艺正扭过头看我,对上我的目光,就急忙摆手,低声说:"我也才来教室。"

陈勤嘿嘿一笑,说道:"还摆着那么一副高傲的好学生的样子,她爸爸就是一个摆摊卖酸辣粉的。全班同学都知道了。昨天他的摊子都被城管给掀了呢,那酸辣粉倒了一地,虽然后来扫掉了,但是现在去看,还能看到好大的一摊污迹呢……"

陈勤伸手比画了一下。

我突然暴躁起来,说道:"不关学习的事儿,少来八卦,现在是读书时间!"

我的嗓门有点大,全班抑扬顿挫的读书声全都停了下来,大家都看着我们。窃窃私语的声音响了起来。然后,更糟糕的事情发生了——

"怎么了怎么了!大闹天宫造反了?班干部呢?为什么不早读?"校长那油光锃亮的脑袋出现在班级门口。天,现在才七点零几分!

校长大人,你到底几点钟起床啊!

然后,我与陈勤就被抓到教室门口去了。

我当然没有说我们说话的缘由,只是说,陈勤找我背书,我嫌陈勤背得磕磕绊绊,于是就骂了陈勤一句,结果破坏了课堂纪律。看在我上学期期末是全班第一名,以及我向来是乖学生的份上,校长倒是没多批评我,只是调转目标,对陈勤谆谆教导、循循善诱一番,才将我们放回教室。

虽然挨了一顿批评,回到教室的时候我依然有些心神不定。身边的位置一直都是空着的,这使我时不时地看着门口。

早读课快下课的时候,周巧儿才来到教室。她的头发都没有梳整齐,更没有扎她那标志性的麻花辫,只是胡乱扎了一个马尾。各科课代表来找她收作业,她手忙脚乱地翻了好一会儿,才将数学作业和英语作业给交上了。然而语文作业却怎么也找不到,让林诗涵的脸色很不好看。

早上第二节是数学课,李老师抱着一堆作业进了教室,往讲台上一放,说:"这些天大家的学习态度非常好……嗯,是非常好,不过呢,大家有问题要提早问,不要等到放学的时候再集中过来问,那样会影响大家回家的时间,这样家长会担心,不好。总的来说,大家都是要表扬的……"

于是全班同学都笑了,不过因为李老师的缘故,大家不敢放肆,所以只能微笑,含笑,抿嘴笑,腼腆地笑。

却听见李老师忽然发出一声怒吼:"那坐在最后面的,单人单桌的,笑什么!——叫什么名字?"

我们的眼睛齐刷刷地看向后面,这才发现,黄洋正整个身子趴在桌上,肩膀一耸一耸的。虽然没发出声音,但是很明显,他在狂笑!

所有人的心,一下子都跳到了嗓子眼。

这个黄洋,笑点怎么能这么低!

黄洋站起来,可是他居然还在笑——好一会儿,才将笑容给收住了,低头,认错,毕恭毕敬地站好。

李老师喝道:"你刚才在做什么,为什么笑?"

黄洋的嘴角又勾了起来,然后马上收住笑,说:"老师对不起……我……我是想到一件好笑的事儿,所以忍不住笑。"

"什么好笑的事儿,现在是上课知道不知道?"李老师劈头盖脸骂了一句,"你叫什么名字……黄洋?我记得你名字,你上个学期期末考试数学才考六十五是不是?昨天你来问问题,我以为你已经学好了,却不想你才一天工夫就又原形毕露了!好了,站着听课!"

李老师骂完黄洋,精神仿佛抖擞了几分。我们很怀疑,李老师骂人的时候将所有的负能量都传递给我们,然后他自己就只剩下正能量了,所以,他越骂人越精神。

李老师低头从一沓作业里拿出一本,说:"我们班里大多数同学都要表扬,但是有一个人要批评!周巧儿,你看起来是不对了,这些天你都最早走,也不见你来问题目,你看,昨天的作业你都空了一大片!你是不会做,还是忘了做?无论是哪一个理由,都很不好。我知道这些天我经常表扬你,你是不是因此变得骄傲了?这节课,你也站着听!"

周巧儿站了起来,但她的神色是木然的,毫无表情的那种。李老师的课上,大家都不敢东张西望,但我仿佛看见众人眼睛里好奇的余光。

李老师问:"昨天到底怎么回事?"

周巧儿嘴唇动了动,没有回答。

李老师发怒了,说道:"我问你话呢,昨天是生病,还是怎么了?"

李老师这是给周巧儿找台阶下。好学生终究是有特权的。只要周巧儿说一句"我昨天不舒服",这事儿肯定就过去了。

这时教室后面传来声音:"李老师,昨天周巧儿爸爸的摊子被城管砸完拉走了,周巧儿肯定受影响了。你不要怪她……"

说话的人,正是黄洋。没心没肺的小子,大约是觉得周巧儿太难堪了,于是站出来英雄救美。但是——

我站起来说:"黄洋,你给我闭嘴!"

李老师大怒,喝道:"夏苔米,你也给我闭嘴!现在是在课堂上,黄洋,夏苔米,你们俩有点规矩不!"

我耷拉下脑袋,不敢吭声。这下——完了。

李老师向来是威严惯了的,从教三十年,谁敢在他的课堂上随意吭声?现在,黄洋在先,夏苔米在后,居然接连着有两人来挑战他的权威!李老师气得嘴唇发抖,说:"三十年了,我第一次看见有学生这么无法无天!你,黄洋,我在问周巧儿,你接什么话!你,夏苔米,你这话是什么意思,你在我面前威胁黄洋?黄洋说了什么见不得人的话,居然要你来威胁?还有你,周巧儿,我问你话呢,你怎么不吭声!"

周巧儿没有抬头,眼泪一滴一滴地落在桌上。李老师愈加暴躁,说:"哭什么,老师还没有批评你呢,你就先哭上了!算了,你们三个都给我出去!"

却听见吴张桐的声音:"李老师……我觉得,您这是误会了。周巧儿心中难受说不出话,黄洋是想要回答您的问题,而夏苔米是觉得黄洋太不礼貌了,一时情急才脱口而出,您就别让他们出去了好不好?"

李老师骂道:"吴张桐,你……你居然也学会上课乱说话了!"

吴张桐很诚恳地表示:"李老师,我举手了的,而且一直举着手的,但是您一直忙着骂人,没看见。"

李老师将手中周巧儿的作业本一砸,说:"要么你们四个出去站在走廊上,要么我回办公室去!我就不相信我镇不住你们。一群小孩,无法无天了!"

14
我们占了小鸟的地盘

好吧,我们几个对望了一眼,吴张桐先走了出去,黄洋跟着出去,我也走出去了,周巧儿也站起来。

然而李老师又说:"周巧儿,这事儿……不算你的错,你坐下,不用出去了。"

我回头看了周巧儿一眼。却见她一直低着头,好像没有听见李老师的话,跟着我们出来了。

阳光斜射在教室外的走廊上。现在虽然已经入秋,光线却依然灼热,没有多少立足之地。好在教室前面有一棵香樟树,树冠在我们脚底下投射出一小片阴影。

吴张桐就说:"你们站到树荫里,我们站在外面。"黄洋也点点头。

周巧儿看了看两个男同学。我说:"周巧儿,没事,他们是男生,晒黑一点没事,让着我们是应该的。"说完拉着周巧儿站到了树荫里。

吴张桐就与黄洋背靠着走廊的墙壁,在太阳底下站着。只有一个头还在阴影里,大半个身子都在阳光下,不一会儿,头上就有些冒汗了。

黄洋嘿嘿笑:"吴张桐,你身上冒油了。"

吴张桐笑笑:"冒油?怎么可能,像我这样浑身肌肉密度超过百分之九十九点九的小伙子,即便是太阳烘烤,也不会冒油。"

黄洋小声问:"那冒出的是啥?"

吴张桐说:"冒出来的是知识,是学问,是我那白白浪费在太阳底下的青春时光……"

好吧,吴张桐那声音,浪漫而悠长,那是青春偶像剧里男主角的标准忧伤。于是,大家都禁不住扑哧笑了。

周巧儿终于发出声音来,她说:"对不起。"

"有啥好对不起的,大家都是同学。十年修得同船渡,百年修得共窗眠 —— 呸呸呸,我说错了,百年修得共窗读。缘分,缘分,所以不用对不起……"

黄洋挠了挠脑袋,说道:"我才要说对不起呢,你也知道,我四肢发达、头脑简单,刚才没有经过脑子就将你爸爸的事儿给说了出来,你肯定不愿意我说出来的。"他小心翼翼地看了我一眼,说,"要不,夏苔米,你打我几巴掌出出气。"

我忍不住笑:"要打也是让周巧儿打你,我打你干什么?"

黄洋说:"周巧儿那么温柔、那么善良的人,怎么会打我呢?她肯定会原谅我的。我现在只是担心你,不让你撒撒气,你说不定会上我叔叔家告状。"

那我只好恭敬不如从命:"你往前走两步。"

黄洋依言往前走了两步。

我说:"保持立正姿势十分钟,不许动,站好了我就原谅你。"

现在,黄洋整个人都站在阳光底下了。才站了两分钟,他就站不住了:"夏苔米,你……换一样惩罚好不好?"

我说:"黄洋,你身上还没有冒汗呢。"

周巧儿忍不住扑哧一笑,然后提议说:"我们……到香樟树底下去吧。"

黄洋惊叫道:"周巧儿,你不是好学生吗?老师让我们站在走廊上,你却提议让我们站到香樟树底下去?"

"去去去,大家一起站到香樟树底下去,老师骂起来我们就说老师吩咐我们走到外面去,没说站在哪儿。这么一点细节,老师肯定也记不住。"吴张桐当机立断,率先走到香樟树底下,又表扬了我一句:"夏苔米,今天你的表现很 man。"

作为英语课代表,我觉得有必要纠正这种洋泾浜现象:"要么说汉语,要么说英语。这种不中不英的说法,写作文的时候是要被扣分的。"

风卷过,香樟树树叶发出簌簌的声响。树冠上一只不知什么名字的鸟儿,扑棱着翅膀,飞向远方。

吴张桐感慨:"对不起小鸟,我们不是有意侵占你的地盘的。其实你可以继续留在树上,我们站在树底下,互不侵犯。"

那一本正经的模样,让我与黄洋都笑了起来。黄洋捧着肚子说:"这不行这不行,吴张桐,你不能再装了,你再装,我们再笑,老师就该出来骂我们了。"

吴张桐说:"是金子总会发光的,像我这样的人,随便在哪里都能吐露富含哲理的金句。这不是装,这是金子或者钻石的光芒自然闪耀——好吧,我闭嘴。"

周巧儿也勉强笑笑,却不说话。我对周巧儿说:"巧儿,你放心,我们班的同学都很团结、很友爱,大家虽然知道你爸爸摆摊子的事情,但肯定没人会说出去。就算说出去,也没有什么好丢人的,这又不是见不得人的事儿。"

周巧儿勉强点点头,顿了顿,终于问道:"吴张桐,夏苔米,你们说……我们从山区里来的,是不是抢占你们原来的地盘了?"

我愣了一下。黄洋说:"怎么会!像你这么聪明、这么漂亮的人,来我们这儿,是提高我们的整体素质呢!你看,你来我们班,我们班的数学平均分，立马就会往上提好几个点……我们欢迎都还来不及呢，是不是？"

周巧儿说："可是，他们不让我爸爸摆摊子……校门口很多摊子，其他摊子都没事，他们就掀了我爸爸的摊子。"

我们也不知道怎么回答。吴张桐挠挠头，说："那是因为，他们不知道你爸爸有你这么一个优秀的女儿。下次城管再来掀你爸爸的摊子，你就让你爸爸报你的名字！"

这话纯粹是插科打诨，逗人一笑。只是周巧儿低着头，好久才说道："不管怎样，谢谢你们。"

她仰起头，看着头顶。头顶上香樟树的树叶非常茂密，只有个别的缝隙里才会漏出一星儿阳光。

那星儿阳光落在周巧儿的脸上，落在周巧儿的眼睛上。我看见被反射出来的，那晶莹的泪光。

我不知道该如何抒发自己的感想，只好伸出手，去抓她的手。她的手，竟然像山泉水一般的冰凉。

后来我们都没有说话。吴张桐在地上写了一道奥数题，我们仨就开始做题了，而对数学题根本不感兴趣的黄洋，开始研究大树上鸟窝的数量。

一道奥数题还没有做完，谢老师来了，将我们叫到办公室骂了一顿，然后又让我们写检讨，每人五百字，等下交给李老师。这

对黄洋来说的确是一项大工程,我看不过去,于是几个人帮忙,我们口述,他听写,终于在下一节课上课之前,将任务完成了。

李老师收了我们的检讨书,又唠叨了两句,然后吩咐说:"你们四个,等下吃完中饭来我办公室,补课!"

吴张桐小心翼翼:"老师,您不是要午休吗?影响您午休,是不是不大好?"

"是啊是啊。"黄洋忙点头,"您今天教导的知识点,我们等下问同学,自学好了。您已经很累了,晚上还要给大家加班加点,中午又不休息……"

"叫你们来你们就来,给我说什么废话!你以为我很喜欢给你们补课?夏苔米,如果不是看在你妈妈的份儿上,你数学就是考零蛋我也懒得管你!吴张桐,如果不是看在你数学还有些灵气的份儿上,你数学就是考负数我也不管你!还有你周巧儿,如果不是看在你学习还用功的份儿上,我也不管你!还有你黄洋……如果不是看在你会影响班级及格率的份儿上,我……也不管你!"

黄洋对我们做了一个鬼脸。

中午要补课,英语小组只能暂停。对于这一事件,黄洋叹息了很久。

他说:"他给我们上课我听不懂,他给我补课我还是听不懂。"

他说:"既然他也骂我傻子不可救药,那他为什么还要逼着我用功?浪费我的时间也浪费他自己的时间。"

他说:"老头儿人还不错,但是他的思维还停留在上个世纪,没有与时俱进。"

他又说:"这老头……真的还不错,我们……要不要对他客气一点点?"

吴张桐感慨说:"黄洋,事情已经到了这个地步,开弓还有回头箭吗?我们今天傍晚如果停下问题目工程的话,李老师肯定会怀疑的。他如果怀疑起来,就会找同学们盘问,找同学们盘问,在他那锐利的目光下,不说别的同学,就说你,能保证不泄密吗?"

这话非常有道理。

黄洋不说话了。

15

那张闯祸的一百元纸币

下午有一节自习课,教室里照例是没有老师的。有几个同学拿着奥数题在办公室排队。其他人做作业看书,方丽管着纪律。袁雷突然举起手,也不等方丽有所表示,就径直站起来,从口袋里掏出一张鲜红的一百元纸币,向我们这一桌走过来。

我们莫名其妙地看着他。他将一百元纸币放到周巧儿面前,嘿嘿笑着说:"周巧儿,这钱……给你。"

周巧儿迷惘地抬起头,说:"你没欠我钱啊。"

"不是这样的。"袁雷嘿嘿笑着说,"你家穷,我家有钱。上学期我们学校四年级有个小孩子生了白血病,要筹钱治病,我爸说:'儿子,大方一点,给一千!'……现在,你家也穷,但我昨天也没准备,所以口袋里只有一百块零花钱。你先把这一百块给收了,我明天再去给你带一点钱过来。你爸爸不就是被拉走一辆三轮车嘛,三轮车又不值多少钱,再好的三轮车都不过千……"

袁雷说这话的时候,全班轰的议论开了。吴双嘿嘿笑道:"袁雷,行啊,大方!"

黄洋也叫起来:"一百太少了,袁雷,明天多带一点来!"

周巧儿咬着嘴唇,看着面前的人民币,视线慢慢往上移,停留在袁雷的脸上。袁雷那张肥嘟嘟的脸上依然是热烈而善良的傻笑:"没事没事,你就收着好了。我家钱多,你知道我家拆迁了七套房子,一套能卖一百多万呢!所以我家有钱。我零花钱就有好多好多呢,你爸损失的钱,我给你补上……"

边上有同学哄然笑起来:"好啊,袁雷,够豪气!"

耳边都是嗡嗡嗡的声音,边上都是欢笑的同学,我想要站起来让袁雷拿着钱离开,但是一时半会竟然不知怎么措辞。

周巧儿浑身颤抖起来,她伸手将钱往面前一推:"我不要!你……拿回去!"

声音已经在发颤了。

袁雷愣了愣,说:"拿回去?我都拿出来了就不会拿回去。放心拿着吧,周巧儿,我不会告诉妈妈的。其实告诉妈妈也没事,这么一点小钱,她不会在意的,而且她还会表扬我,说我关心同学。不信,你问其他同学。"

我忍不住开口:"袁雷,你这个奇葩!别说了!"

袁雷挠挠头,说:"真的没啥,我没说错啊!夏苔米,上个学期我没给你送手机是我不对……"

更加没法交流了。

对于这个袁雷,妈妈与谢老师有一个共同的评价,那就是"奇葩家庭养出来的奇葩儿子"。

上个学期开学的时候,袁雷一口气买了七个手机,与他要好的同学,一人送一个。

手机也不算贵,都是一千多块的国产机,谢老师评价说,性价比挺高,袁雷买东西还是靠谱的!

送同学手机的缘由也很简单,那就是他们寒假的时候一起玩同一个游戏,其他几个同学都没手机,要玩游戏只能趁着大人不注意的时候拿大人的手机玩一会儿,所以无法随时与袁雷组队玩游戏。

袁雷觉得很遗憾。所以,他拿出自己的压岁钱,上手机店一口气买了七台——咱们好兄弟,一起玩游戏,用同一款手机!

结果,吴双在家里偷偷玩游戏的时候,被他妈妈给逮住了。她妈妈一番审问,当下急了,打电话给谢老师;谢老师一听也急了,一个家庭一个家庭地的电话过去,与六位家长沟通好,明天一起来办公室,将手机退还给袁雷家。其他家长都没问题,只有打袁雷妈妈电话的时候遇到点情况。袁雷妈妈说:"老师,我问过袁雷,也就八九千块钱,不用在意啦。孩子既然送出去那就送出去吧,送出去了再要回来,多没面子啊。再说了,这也是孩子们友谊的一个标志,对于孩子们的友谊,我们都要多加支持啊。"

对于这样的奇葩妈妈,谢老师真的不知道怎么沟通才好。好在袁雷的妈妈虽然不赞成谢老师的教育思路,但也要给谢老师面子,第二天终于还是来办公室,将手机拿了回去。临走的时候又感慨说:"其实这手机还是送给孩子们的好,我们家也用不了七个手机,放着也没用。"

谢老师说:"袁雷是未成年人,他不能单独进行这么大额的金钱交易,所以你可以找手机店退钱的。消费者协会也会支持你。"

袁雷妈妈说:"这么几个钱就去找人家手机店退钱,多没面子。算了算了,我拿回去吧,随便找几个亲戚送一送。谢老师,你要不要,拿一个去……"

她说着就拿手机往谢老师的口袋里塞。

谢老师真正手足无措。

当时我就在办公室里帮老师算第一次单元测验的分数,听着袁雷妈妈的话,也觉得有几分牙疼。

回家与妈妈说了这件事,妈妈忍不住感慨:"都是拆迁惹的祸!"

爸爸说:"那不是拆迁惹的祸,那是钱惹的祸。"

我听不明白。但是妈妈显然没心思再与我分析下去了,我只能先老老实实去写作业。

转回正题。我相信袁雷的话都是真心的。

其实我们班挤着看热闹的同学,大部分人都认为袁雷的做法没问题。我们已经习惯学校时不时搞的爱心教育,习惯从自己的存钱罐里掏出零花钱去参加各种捐款。现在袁雷的举动虽然鲁莽了一点,但是这与捐款也差不离,不是吗?

听边上同学的叫好声就知道了。

我隐隐觉得不妥,但也不知道该怎么处理这事儿。

周巧儿浑身发抖,真的激动了。她猛然推开袁雷又凑过来的手,大声叫道:"我不要!我不是乞丐!我不要!"

袁雷也吃了一惊,随即笑道:"我知道你不是乞丐,但是我想要帮助你啊。你别不承认,我们同学都看见了,你每天中午都带餐桌上的鸡腿、肥肉回家,同学咬过的你不要,没咬过的你都收起来,我知道你家里肯定买不起鸡腿和肥肉,你带回家去吃是不是?你缺钱你就拿着吧……"

周巧儿猛然抓起钱,狠狠往袁雷脸上砸过去,含着泪叫道:"好好好,我是乞丐!我捡你们不吃的鸡腿带回家去吃,我是乞丐,但我不要你施舍。你给我滚,你们都给我滚!"

钱没有砸到袁雷脸上。没有揉皱的纸张,受不住力,最终还是晃晃悠悠地落在了地上。

四周都静悄悄的。方丽终于找回声音,大声说道:"看什么热闹,都回自己的位置去,不回自己位置去的,我记名字了!"

同学们回到自己位置后,我依然能听见窃窃私语的声音:"装什么骄傲。""袁雷是好心,她干吗这样子。""嫌弃袁雷胖,还是嫌弃袁雷成绩差?"……

声音虽然轻,但就连我的位置,也听得一清二楚。

我扭过头去看周巧儿,她的眼眶里有眼泪在转动。她猛然站起来,想要往外冲,只是我堵着她出去的路了,于是她拍打着我的椅子背,说:"让我出去!让我出去!"

她那么激动。全班同学的目光又都看过来。我只好站起来,给她让了位置,她正要冲出去,我急忙抓住她的手,说:"你别急……"

她一把将我甩开 —— 她的力气比我大多了,我竟然被她甩了一个趔趄。

她风一般冲出了教室,我急忙跟上。后面传来方丽的声音:"陈小艺,吴张桐,你们两个管着纪律……周巧儿,你等等我!"

她也追出来了。我急忙说:"方丽你先回去,我跟着就行!"

我知道,这种场合,人多不见得是好事。

其实我虽然知道袁雷的举动不妥当,但是也觉得周巧儿这么激动有点小题大做。我追出来,更多的是因为我的班干部身份。

从教学楼到校门口有一段距离,周巧儿的脚步终于慢了下来,她在一棵樟树边上停住了脚步。

我追上周巧儿,努力平息自己的呼吸,说:"巧儿,你别生气,袁雷他没有恶意,同学们都不是坏人……"

周巧儿靠着大树站着,慢慢蹲下去,说:"我不是乞丐。"

我说:"是,我知道。"

周巧儿说:"我捡大家不吃的鸡腿和肥肉回家,但是我真的不是乞丐。"

我说:"你没做错,你只是节约。"

周巧儿说:"我想回家。夏苔米,我想回家。"

夏苔米,我想回家

我不知道该说什么。她蹲在地上,用双手捂住脸,说:"夏苔米,我知道你是好人,你是真的想要跟我做朋友,但是我还是想回家。"

脑海中很多镜头闪过:我想起我六岁的时候,从外婆的身边来到这个陌生的城市,在充满生机的幼儿园里,所有的孩子都在欢笑,只有我一个人低头站在墙角。

我不会说普通话,也不会玩那些看起来很复杂的积木,不会唱那些好听的儿歌,也听不懂老师那带着明州口音的普通话。

幸运的是,我的学习能力还算可以。我终于听懂了普通话,与小朋友们玩在一起。

而现在,周巧儿坐在我们的教室里,她的数学成绩很优秀,学习态度很端正,但是她与所有的同学都格格不入。

周巧儿的手,又湿又冷而且粗糙,食指上裹着创可贴,也不知是什么缘故。我想,她难道要帮家里做饭做菜?

这种猜测在脑海中一闪而过。

周巧儿又说:"我没有告密,我也听不懂你们说的那些东西,但是陈小艺还有很多人他们不相信我,我知道他们始终都不相信我。"

我想说,我相信你。但是我没法理直气壮地开口——我也有过怀疑,只是出于理性,我没有将这种怀疑表现出来。

周巧儿说:"我不喜欢作弄老师。在我们家乡,找一个老师来教书不容易。每个老师来两三个月、半年一年就走了。秦老师在我们村子里待了三年,教我们数学,秦老师走的时候,我们全班同学都哭了。我们跟着他走到山道底下,青娃抱着拖拉机的车轮不让秦老师走,但是秦老师还是哭着走了。"

"秦老师也很喜欢骂人,与李老师一样喜欢骂人,他有时候还打人,青娃的手掌心都被他打红了,但是他是真的很喜欢青娃的,青娃也是很喜欢秦老师的。"

大颗大颗的泪珠从周巧儿的指缝里落下来。我从口袋里掏出餐巾纸,但是她没有接。

周巧儿说:"所以我不捣乱。夏苔米,我觉得你做错了,所以那两天我也不想与你交朋友。"

周巧儿的声音发酸发涩,像一坛腌坏了的咸菜。我的心微微战栗起来。

周巧儿说:"我觉得我没有做错,但是你们都不喜欢我,所以我也不喜欢你们。夏苔米,我想要回家。"

我说:"你……不要太敏感。袁雷并没有恶意,他是真的想要帮助你,他……脑子少根筋,所以用错了方式。"

"我不需要这种帮助!"周巧儿的声音猛然大起来,大声宣布,"我不需要帮助!在老家的时候,没有鸡腿,我与奶奶每顿都吃土豆。我们一起坐在阳光下,把土豆上的芽眼一个个抠掉,去山泉里洗一洗,煮熟了,我带两个去学校,两个就够了,很香……中饭的时候我们就坐在一起吃土豆。我咬一口你的你咬一口我的,谁也没有嫌弃谁的土豆脏!我也没有饿死……我不喜欢你们。"

我默默听着,她的陈述终于告一段落,于是我低声提醒她:"发芽的土豆不能吃,发芽的土豆有龙葵碱,吃了会生病的。"

"发芽的土豆可以吃!只是要把芽眼给抠掉!"她转头看着我,竟然有些气势汹汹,"我吃了很多发芽的土豆,如果土豆发芽就不能吃了,那我们整个村子就全饿死了!发芽的土豆是可以吃的!"

我无从辩解。好久才说:"你不要走。你爸爸妈妈都在这儿。你在这里读书会更好。你说过,你们家乡的学校经常没老师,我们这儿有很多老师。"顿了顿,我又说,"我们班的托尼老师,谢老师,李老师,都是阳光小学最好的老师。还有音乐老师,她带着我们合唱团拿过全市第一名呢,很厉害的。还有美术老师,他很会画画的,获了很多奖。还有刘老师,他带航模队伍的,在全省都有名气的……"

周巧儿吸了吸鼻子,说:"秦老师走的时候跟我说:'周巧儿,你最好到大城市里去读书,到你爸爸妈妈打工的地方去读书。只有到大城市读书,你才能走出去。'我想秦老师说的是对的,后来我爸爸妈妈说要接我出来读书的时候,我就答应了。那时候我已经很多年没有看见爸爸妈妈了,每年只能在电话里听到他们的声音……所以我想,我还是出来吧,秦老师要我出来,爸爸妈妈要我出来,他们说的肯定没错,但是……我不知道……我不喜欢这里。"

周巧儿又说:"原来我很高兴,这么大的学校,这么漂亮的操场,教室里的课桌那么好,居然还有电脑,阅览室里有这么多的书……我在家里的时候也有课外书的。我们老师给我们订了《小学生作文选》,邮递员好久送来一次,老师用针在书头上扎一个洞,挂在教室后面,同学们轮着看,书都翻卷边了……可是这儿好多书,都没人看。"

我说:"这里有好多书,你留在这儿看书。"

周巧儿的抽噎声已经停止,好久才说:"可是我不喜欢这里,你们也不喜欢我。"

我过了好久才说:"同学们不喜欢你又有什么关系,读书是为自己读的,不是为我们读的。再说了,我喜欢你。你也说过,我是好人。你留下来,我们一起读书。"

我拉着周巧儿站起来。蹲得久了,腿脚有些发麻。我说:"我们不回教室上自习课了,去阅览室看书吧。我们学校有好几个阅览室,上次谢老师带我们去的那个是普通阅览室,还有文学阅览室、科技阅览室,好多书呢,我带你去。"

周巧儿睁大眼睛,说:"……怎么有这么多阅览室!"

我说:"这还不算,我们教室里的书柜你也看见了,这书柜现在还是空着的,等明个儿谢老师吩咐了,书柜就会装满了,随便大家什么时候看都可以。"

周巧儿诧异地问:"教室里的书柜?那不是放作业的地方吗?"

我得意地笑:"最上面一层才是放作业的地方。下面几层,都是放同学们带过来的书的。大家自己的藏书,每人带一两本过来,放在教室的书柜里,谁想看就去拿,看好放回去,等期末了,大家再带回家。你想,我们班级四十个人,每人两本,那就有八十本了,除掉自己的两本,那也有七十八本,一个学期如果能看完,坚持个三五年,我们每个人都学富五车了。"

周巧儿低着头不知想着什么,好久才问道:"每个人都要从家里带两本过来?"

成功地转移了她的注意力,我很有成就感,就兴致勃勃地说:

"是啊,每个人带两本。其实这件事是我们家长委员会先倡议的,所有的爸爸妈妈都很支持,嗯,很多家长为了班级的图书角还特意去买了新书。上个学期,黄洋妈妈就一口气送来二十多本新书,可是黄洋一本也没有看。他忙着玩游戏呢,他妈妈就是买再多的书,也是白费。"

说到这个,我忍不住笑起来。可周巧儿却没有笑,她很认真地问道:"大家都买新书吗?大家都买很多书吗?"

我不知道她为什么要纠缠这些细节,但依然很仔细地告诉她:"新书旧书都没关系,不过最好不要是上学期带来过的。最好挑选大家都没看过的。不过你没关系啦,你上个学期又不在,你随便带什么书过来,同学们都不会怪你。"

她又问:"大家都带很多书过来吗?"

我说:"没事没事,大多数同学都是带两本过来,也就家里书多的同学,才多带几本。像吴张桐,每次都带五六本,黄洋妈妈去年抽风一般送来二十本,不过这样的人不多。"

周巧儿又很认真地问:"那你呢,每次带几本?"

我说:"我带几本书不是由我决定的。你知道我家里有一个非常温柔可亲的女皇陛下,女皇陛下精研文学、历史、哲学、教育学、心理学,她每年都会查阅大量的资料,精心研究,精心挑选,然后上网采购,直接寄给谢老师。她说,也免得我费力气背到学校。据说我家的女皇陛下还曾与谢老师商议每年在我们班举行一次读后感作文比赛,由她来做评委,但是谢老师最终还是没有答应下来。也幸好谢老师没有答应下来,否则……我们班的同学还不把我给恨死。"

周巧儿动了动嘴唇,才说道:"你妈妈也是为了我们班级好。"

我鼻子出气,说:"是的是的,她从小到大都是为了我好,为了我好,我都烦死了。人家都说全班几十个妈妈里我妈妈是最好的,但是谁也不知道我有多少烦恼。"

周巧儿诧异地看着我,说:"你怎么会烦恼?如果我有这样的妈妈,一定幸福死了。"

说着话,我们两人已经快到阅览室了。却看见前面有人跑过来,说:"周巧儿,快去快去,谢老师找你有事儿。"

那人正是黄洋。我看着黄洋,说:"你将今天课上的事情告诉谢老师了?"

黄洋笑嘻嘻地说:"我有那么蠢?如果告诉谢老师,谢老师肯定会骂袁雷的。袁雷真的是一片好心,我们总不能让他因一片好心挨骂是不是?……我说周巧儿,你别怪袁雷,袁雷他是真的好心,只是吴张桐也说了,这人光长了一身肥肉,脑子少根筋……不过要我说,你当时收下袁雷的钱就是了,那么激动做啥?"

我瞪了黄洋一眼,说:"你少说三道四的。巧儿,我和你一起去谢老师办公室。"

周巧儿看着我,点点头,眼神里有几分感激。

她说:"我不喜欢我们班,但是夏苔米,我很喜欢你。我也喜欢黄洋、吴张桐,你们愿意帮助我,不会看不起我。"

这句话很恳切,但是……我觉得受不起。

我的笑容不自觉地有些僵硬和尴尬。

我以为谢老师会谈论刚才自习课上的事儿。事实上,教室里这么喧闹,谢老师肯定是知道的。即便谢老师不知道,方丽和房大梁也会告诉她。却不想谢老师竟然一句话也没有提起,她只是微笑着对周巧儿说:"巧儿,你在班里读书的几天,我们几个老师都很喜欢你呢!"

周巧儿腼腆地笑了,脸红红的。

谢老师又说:"对你们而言,读书才是最重要的。大人的事儿交给大人烦恼,同学的事儿交给同学烦恼,你做好你自己就够了。你很优秀,假以时日,你一定会变得更优秀。"

17
关于餐桌的那些事儿

这节课下课的时候,陈小艺拉着我一起上厕所。站在厕所外面排队的时候,她翻着白眼问我:"怎么了?你菩萨善心发作,决定护着那个可怜的山村小女娃了?"

我说:"小艺,你别阴阳怪气地说话。告密那事儿,不是她做的。你想想,她乡下来的一个女孩儿,这辈子连电脑都没摸过,哪里懂得什么 QQ 群。她即使去告密,也说不清楚这事儿。"

"好吧,就算不是她做的。但我就是看不惯她。"陈小艺毫不客气,"人家给她钱,那是同情她,一片好心!她呢,拿着钱往袁雷脸上砸,还哭哭啼啼跑出去,惹得 2 班的同学都以为我们班欺负转校生。不要说我言之不预,等下节课、明天、下周,几乎所有的任课老师都会来给我们暗示,暗示我们要包容新同学,要接纳新同学……真是的,我们招她惹她了?还有,想吃鸡腿就直接说,真的直说我们倒也不会看不起她,她却说是她家养了小狗狗!呵,就他家摆酸辣粉摊子那样,养得起小狗狗吗……"

"不是这样的。"我很诚恳地向陈小艺解释,"就今天的事情吧,袁雷这样直接拿钱过来,是太鲁莽了。你要考虑她的感受。我们班级的同学家庭情况都比她要好,她家昨天遇到那样的事情,偏偏全班都知道了,她心里肯定不好受……"

"她心里不好受就能往我们身上撒气?就能往袁雷脸上砸东西?她凭啥了?凭她成绩好?一门心思想着在老师面前摆好,只想着在班里要好处,责任吗,一点也不想承担……这样的同学,我不要!我说夏苔米,你妈妈不让你看宫斗剧是不对的,你知道吗,宫斗剧里多的是这样的'白莲花'。嗯,就说《甄嬛传》里那个安陵容,就是与她一样,可怜兮兮的,骗得女主帮她干这干那,她一转身就把女主给卖了。"

我不知道安陵容是谁,也不知道她到底如何欺骗女主角,让陈小艺印象如此深刻,不过我对这个也不感兴趣。我对陈小艺说:"你这是反应过度了。生活中哪里有这么坏的人呢。再说她是从山区来的……你以前都与我说过,山区的孩子很可怜,我们要多帮助他们。你还拉着我一起去捐钱呢。"

陈小艺呵呵笑:"山区的孩子是很可怜,但是我觉得周巧儿不可怜。你善良你帮她,我不善良我就坐着看。不过苔米,我说你还是要提防着一点,我们学校每个学期每个班级可只有四个阳光学子,你别被人抢了名额。"

我忍不住叹息:"陈小艺,你真的想多了。"

陈小艺说:"不是我想多了,夏苔米,凡事你都要做最坏的打算,千万别被人卖了还帮人数钱,所谓高分低能,说的就是你这种人。"

我再也无话可说。好久才憋出一句:"可是,我觉得,你也不是高分高能啊。"

"对啊,我是低分高能。"陈小艺骄傲地宣布,然后憋不住就笑了起来。

这一节又是语文课,谢老师进教室后,先讲了一番同学之间要团结友爱的道理,然后说了一件事:"开学快一周了,大家知道这个学期的餐桌,都是谁擦的吗? 吴双,你是餐桌管理员,你说!"

吴双站起来,支支吾吾说不出话来。

谢老师看着吴双,语调低沉:"我们都是班级的一分子,我们每个人都要为班级做贡献。我给每个同学都安排了任务,希望你们在学习的同时,也能树立责任意识,同时也能培养自己的能力。这个学期开学都四天了,整整四天了! 吴双,你居然忘记了,你是餐桌管理员,整整四天了,你没有安排任何同学值日! 我们班级的六张餐桌,每餐饭后都没人管理……"

吴双挠了挠头,好久才低声说:"谢老师,那天你说'班干部照旧'的时候,没有点我的名字,我……就忘了。"

"没有点你的名字你就不用做事了?你就可以将这事儿给忘了?如果我们班级真的因此被扣分了,六张餐桌,四天,四六二十四,我们班将会被扣掉二十四分!我们这个学期,别的事情都不用做了!早自习不用管了!午休不用管了!考试不用考了!各项比赛都不用参加了!黑板报也不用出了!反正,无论怎么努力,都补不上二十四分的缺口!"谢老师越说越气,"你就站着,站在讲台边上,站足一个星期!站着上课!"

吴双垮着脸,抱着书本,悻悻地从位置上走出来,走到讲台边上,低声说:"这不是还没有被扣分吗,我这错其实也不算严重。"

"责任意识,责任意识!你居然忘了这么重要的事情,可见你根本没有将班级放在心上!你如果将班级放在心上,哪里会犯这样的错误!一天可以原谅,四天,四天你居然都没将这事儿想起来!你不要推卸责任!今天中午我才知道……如果不是周巧儿,这个星期,我们就会被扣掉二十四分!"

谢老师的话,就像在我们寂静的教室里砸下一枚炸弹!吴张桐开口问:"谢老师,这几天的桌子……都是周巧儿擦的?"

谢老师说:"第一天中午,我从教工餐厅里出来,看见周巧儿在擦桌子,我以为是吴双安排她擦的,也没有详细问。今天中午,我从教工餐厅出来,看见还是周巧儿在擦桌子!一个班级四十个同学，一个学期顶多轮到三次，我就顺口问了一句。我才知道，在我们都将餐桌给忘了的时候，当我们每个人吃完饭就扬长而去的时候，周巧儿，却默默地为我们班级做贡献！这样的同学，我很感谢！我也感觉很幸运，我们班级，竟然有这样的好同学！"

谢老师说得激动，最后一句话，她的调子完全上扬了起来，于是，她的话音还没有落下，四下的掌声就响了起来！

热烈的掌声，如潮水一般，无数的目光都落在周巧儿的身上。周巧儿讷讷地张了张嘴，想要说什么，但是什么都没有说出来。

我也拼命鼓掌。我从掌声里听到了班级同学对周巧儿的认可，在经历这么多事情之后，周巧儿终于得到了同学们的认可！

这与做出数学难题不同，与会玩毽子不同。这件看起来极小的事情里，展现出来的是周巧儿的一种集体意识……我说过，我们是一个团结的班级，凡是愿意为班级做贡献的人，肯定能得到同学们的认可！

别人姑且不说，就连坐在我前面的陈小艺，在回头看周巧儿的时候脸上都露出了有些惭愧的神色，似乎想要与周巧儿说些什么，但是谢老师又开始讲话了，她就将话给咽了回去。

谢老师说："既然这样，那我今天就来一个任命。吴双这个餐桌管理员不尽职尽责，我现在就将他的职位给撤了。周巧儿，你来做餐桌管理员！我相信，在你的管理下，我们班级的餐桌卫生工作一定会做得很好！"

周巧儿想不到谢老师突然来了这么一个任命。她站起来,欲言又止。

我看了一下四周。同学们也似乎都没有反应过来。吴双站在讲台边上,本来垮着的脸,在听到谢老师的宣告后,那神情……几乎就要哭出来了。

我唰唰唰地在纸上写了三个字"不要做"。捅了捅周巧儿,给她看。

周巧儿低头看了,但是没看懂,她看着我,一脸迷惘。

谢老师微笑地看着周巧儿,说:"周巧儿,你有没有信心,有没有决心,将这个工作给做好?"

周巧儿看了看谢老师,又低头看了看我。然后她使劲点头,声若蚊蚋:"好。"

谢老师就大声问:"有没有信心?说大声一点!"

周巧儿憋红了脸,终于用出全身的力气,大声说:"好!"

全班噼里啪啦鼓起掌来。周巧儿坐下来的时候还不忘看我一眼。我将头扭过去,有点不想与她说话。

但是我终究还是与她说话了。在放学后,等李老师来补课的间隙,她很迷惘地问我:"为什么不让我做餐桌管理员?"

我没好气:"你做都做了,还问这个做啥?难不成你现在后悔了,要去找谢老师辞职?"

周巧儿挠挠头说:"我想要知道为什么。"

我说:"谢老师将吴双给撤职了,立马任命你做,你这样很招人恨知道不?而且你才来我们班级,与我们班里的人都不熟,你这个工作要涉及很多人和事,到时候大家不听你的怎么办?你做不下去了,再去找谢老师辞职,那时更加丢脸!"

周巧儿很奇怪地说:"吴双被谢老师撤职,那是因为他自己没有将工作做好。我顶替了他的位置,他干吗记恨我呢?你也说过,我们班的同学都是很团结的,我安排大家值日,大家怎么会不做呢?这工作又没有多少难度。再说,谢老师都这么说了,我不答应,不给谢老师面子,那多不好意思。"

我觉得与周巧儿简直有交流障碍。于是没好气地说:"你知道有个词,叫'中庸之道'吗?这词的意思是让你做什么事儿都不要太冒尖儿,当然,学习除外。做什么事儿都随大流,千万别特立独行,千万别惹眼。谢老师也说过了,等开学各种事情忙完了,下周班队课班干部就改选。那时改选,你这个职位,是重新选过呢,还是不重新选?如果不重新选,那你就是没有经过全班投票就上任的,太惹眼。如果重新改选,你与大家都还不算熟,大家如果没有将票投给你,你落选了,那怎么办?多丢脸!所以你现在就接受谢老师的任命,那真的是百害而无一利!"

周巧儿沉默了一会,说:"你说得好复杂,我听不懂。"顿了顿,她又说:"可是我觉得,谢老师都这么说了,我就应该当着,不管有多难。即使下个星期同学们不相信我,我也不抱怨大家,那只说明这一周里,我没有将工作做好。"

我也懒得说了:"那好,接下来一周,如果没有人愿意接受你的安排擦餐桌,那你就自己擦吧,反正你都擦四天了。"

周巧儿迷惑地看着我,说:"就算我擦一个学期、两个学期,那……又有什么关系?"

这话,就连坐在前面的陈小艺也听不下去了,扭过头,问周巧儿:"周巧儿,你这是勤劳肯干愿意奉献呢,还是傻得太出格?"

周巧儿诧异地看着陈小艺,有些不理解。

陈小艺叹了一口气,说:"夏苔米,你现在知道什么叫作对牛弹琴了吧?你现在知道什么叫作鸡同鸭讲了吧?你一番好心,人家不领情的!——不过,周巧儿,你帮着擦了四天餐桌的事情,我们班的同学都很感谢你。我想之前是我错怪你了,对不起!"

周巧儿的眼神原先是迷惘的,但是听到后面,小眼睛又亮晶晶起来,说:"不怪你不怪你,小艺我不怪你,同学之间误会是难免的,我为班级做一点事情是应该的……"

听着周巧儿语无伦次的话,我也高兴起来,笑着向陈小艺提议:"来来来,误会消除了,握个手,大家都是好朋友……"

周巧儿伸出手去。陈小艺愣了一下,也伸出手。两人就握手了。

我将自己的手压上去,还没开始摇呢,就听见吴张桐的声音:

"怎么,你们打算歃血为盟、义结金兰,从此生死与共吗?来来来,也算我一个!"

吴张桐也要将手伸过来,我急忙叫:"吴张桐,男女授受不亲!"

"什么男女授受不亲,你们这是重女轻男,看不起我!"吴张桐悲痛欲绝。

这一闹,四下里的同学都注意了过来。方丽笑着过来:"来来来,周巧儿,欢迎来到我们班!"她也将手压上来。

梁珊珊说:"也算我一个!"

我看着周巧儿,小小的女孩儿,整张脸都在发光。

美中不足的是,女生们握完手之后,陈小艺就忍不住说话了:"哎呀呀,周巧儿,你的手怎么这么粗,像老太婆似的,我摸上去的时候吓了一大跳呢……"

我送了陈小艺一个白眼:"哪这么夸张!"

方丽说:"手粗不要紧,不要用护手霜,现在街上很多护手霜都含有激素成分的。你去买精油,那种植物精油,抹两次就好了,也不贵,三四十就能买一小瓶了。"

周巧儿就笑着听。不过我知道周巧儿是不会去买精油的,因为她根本没有问哪里有卖。

18 黄洋的书，周巧儿的书

我的预料是对的。

上厕所的时候，我听见前面的隔间里，有两个声音在说话："挺会表现的，居然擦了四天餐桌。"

"擦几天餐桌就将陈小艺、梁珊珊那几个都收买了，挺划算的，还顶了吴双的位置做了餐桌管理员呢，一举多得。"

一个声音是金秀，还有一个声音是陈软软。我愠怒地咳嗽了一声，声音就没了。

周巧儿虽然排出了值日表，但是几乎每天每个同学都需要周巧儿在吃饭的时候亲自去提醒一次。我有时也想等着周巧儿吃完一起回教室，但是她每次都要等同学做完值日才回教室，我也就懒得等她了。

还是与陈小艺一起回教室吧。

不过我所担心的,吴双怼周巧儿的场面,却没有出现。也许周巧儿说的是对的,我们同学之间的关系,哪有那么复杂。

第二周周一上学,我看见吴张桐爸爸的大奔停在学校门口,吴张桐背着一个沉甸甸的书包正从大奔里出来。我笑着对吴张桐的爸爸叫了一声叔叔,又笑话吴张桐:"你上周说过,爸爸妈妈们开名牌车来校门口是为了炫……"

吴张桐苦笑了一下,说:"这一切都是为了我们的学习,学习,你知道吗?周末的时候我老爸疯了,带着我横扫明州书城,上上下下买了二十本书!如果他不送我到校门口,我会死在上学路上的!"

我这才看见,吴张桐的左右手各提着一个塑料袋,塑料袋里装着的全是书,背上的书包也明显鼓了一大块!

我笑着说:"来,叫一声姐姐,我就帮你提一袋。"

吴张桐就笑嘻嘻地叫了一声"神仙姐姐"。我们一前一后进了教室,然后 —— 大吃一惊!

讲台上摆满了书!

全都是崭新的书!

最起码有五六十本!

图书管理员黄好禾子正在手忙脚乱地登记,一脸生无可恋。

当然,这么几本书还不至于让黄好禾子生无可恋——最关键的是,讲台边上还排着队呢,二三十人的队伍,每个人手上都捧着书……

袁雷妈妈站在边上,一脸慈爱地看着黄好禾子:"闺女,不急,阿姨不上班,你慢慢来就是。"

黄好禾子看见我提着书,就忍不住尖叫起来:"苔米,你妈妈不是已经寄来很多书了吗?上周五我就登记了,整整登记了半节课!"

我不背锅。于是默默将书往吴张桐手上一塞,叫:"自己排队!"

回到座位上,我将书包一放,从书包里抽出一个笔记本,对黄好禾子说:"黄鱼,我先帮你登记一部分,等下你抄到自己的本子上。你一个人登记,估计一个早读课也弄不完。"

吴张桐呼啦窜回自己的位置上,说:"那我先翻翻我爸爸的购书清单……把购书清单给你,你抄一下就成,我就不排队了!"

黄好禾子叫:"吴张桐,那你也帮我登记!"

好多同学分散到我与吴张桐这儿登记,黄好禾子的压力顿时轻了。袁雷妈妈终于登记完自己带来的书,满意地表扬了一番:"闺女,你的字真漂亮,我家袁雷的字真的很丑,你有什么练字的秘诀,教给我家袁雷好不好?"黄好禾子不知怎么回答,袁雷妈妈就径直离开了。

周巧儿是在我这儿登记的,她带来的是两本旧书。其中一本

《木偶奇遇记》我看着有点眼熟，登记完才想起来，一两年前我们班就有同学带来过，在书柜里放了一个学期呢。世界名著，买的人多，撞车了也不奇怪。我也没有多说话。

吴双就排在周巧儿的身后，看见周巧儿拿出《木偶奇遇记》，就不屑地瘪瘪嘴，说："这本书我看过，挺幼稚的，好多年前就看过了。周巧儿，你怎么带这么幼稚的书来啊，带来也没有人看的。"

我白了他一眼，说："吴双，闭上你的嘴巴！"紧张地看了身边的周巧儿一眼。还好，周巧儿正全神贯注地翻阅另外一本书，根本没有听见吴双的叽叽歪歪。

吴双悻悻地说："好，夏苔米，你厉害，我不说话就是……不过这种童话，真的只能骗骗七八岁的孩子，我们现在要看的是玄幻，玄幻，你知道吗？夏苔米，我跟你说，玄幻小说真的很好看，上一次我还在作文里引用了天蚕土豆的名言呢，'三十年河东三十年河西，莫欺少年穷'，谢老师在我的作文边上打了三个感叹号，提醒我说'土豆吃得多，小心胀气！'"

我不知道天蚕土豆是笔名还是作品名，听着好像是笔名，但是人怎么会取这么奇怪的笔名？不过我明白，遇到这样的事情绝对不要轻易发问，顶多晚上回去找我的平板去问度娘。

却不想还趴在新书上的周巧儿又选择性地听见了这句话，就略带迷惘地问："什么土豆，天蚕土豆？被天蚕咬得乱七八糟的土豆，能吃吗？"

这话音一落下,周围又炸锅了!吴双哈哈笑着,指着周巧儿说不出话来,黄洋笑得东倒西歪,陈小艺大叫"你别把我的书给弄塌了……"林诗涵抿嘴笑,方丽一边笑一边大声说:"别笑了别笑了,有什么好笑的……"就连坐在教室后面正在给别人登记的吴张桐,也站起来睁大眼睛看着这边,大声问:"怎么了怎么了,有什么好笑的事儿吗?"

只是我们周围所有的人都忙着笑,谁也没有空理睬他。

我没有笑,那一瞬间,我突然觉得自己也很可怜——我与周巧儿一般,与这个班级的同学格格不入。

周巧儿不知道天蚕土豆是什么土豆,我也不知道。

虽然我家里有手提电脑,有平板,有手机,但是我真的不知道这些。我妈妈一直认定"不好的书不要读""浪费时间的书不要读""你现在时间有限,读名著都来不及呢,读这种书就是浪费时间",我用电脑、手机的时间被严格控制,家里的电视遥控器也被妈妈收起来了,我要看电视必须经过妈妈的批准。

所以我不知道《甄嬛传》,也不知道天蚕土豆。妈妈很骄傲地到处夸耀"我女儿小学二年级就能背诵《桃花源记》,人家初二都不见得能背下来",但是妈妈,我真的很想知道天蚕土豆到底是什么土豆。

不为什么,只为了在与同学聊天的时候不至于睁大一双迷惘的眼睛,却又不敢开口询问。

我可以在谢老师那儿卖萌背书"问与学，相辅而行者也"，但是我不敢在同学们面前询问，因为他们会放声肆意地嘲笑。

虽然我喜欢他们，虽然我觉得他们的笑声也不至于有很多恶意，但我还是不想被他们嘲笑。

遇到这种场合，我就默不作声。

周巧儿的脸又红了，她手足无措地坐在那里。

我终于找到了自己的声音，说："巧儿，书登记好了，你签个字。"

吴双拿起周巧儿的两本书，说："《木偶奇遇记》，这书老土的，我们前些年就有同学带来过，我们班的同学都看过的。周巧儿，你还是换一本书来吧。"

我说："没事，放着吧，不换也没啥。这个学期同学们带来那么多书，我们也看不完。"

吴双撇撇嘴："不管怎么说，这本书还是太 low 了。周巧儿，这书都这么旧了，你藏了多少年？你看了很多遍吗？"

周巧儿腼腆地笑："我很喜欢这书。"

吴双突然大叫起来："周巧儿……你这书我看过……你看，这书上面还有我的字！"

我没好气地说："《木偶奇遇记》你看过，你老早说过了……什么意思？"

却见吴双将书本翻开，里面有一页插图，上面歪歪扭扭地写着几个大字"吴迪吴迪,天下无敌"。

吴双小学三年级的时候名字还叫吴迪,后来他爷爷说,这个"迪"字的读音,与吴迪很久很久之前的一个祖宗的名字读音撞车了,所以一定要改。吴迪的妈妈很不高兴,她认为自己想了好久才给儿子想出这么一个"天下无敌"的名字,响亮而且霸气,祖宗十八代之前的名字,关我儿子什么事!但最终还是改了,因为吴迪的爸爸动了很久的脑筋又从字典里找到了另外一个词——无双。

于是吴迪就变成了吴双。

这也让我们很多同学担心,像我,已经习惯了夏苔米这个名字,要是万一哪一天突然发现,我的名字与哪一位祖宗的名字撞车了,爸爸妈妈要将我的名字改掉怎么办?

我们中华民族有着悠久的历史,丰富灿烂的文化,我们每个人都有着很多很多祖先——小学四年级的那个暑假,我回到爷爷家,将一本非常厚的《夏氏宗谱》仔仔细细翻阅了一遍,查了很多字典,结果让我很崩溃,因为我找到很多与"苔""米"两个字同音的名字。

那个暑假,我坐立不安,不知道什么时候,爷爷奶奶爸爸妈妈就会把我的名字给改了。好在妈妈终于盘问出了我的心事,轻描淡写地告诉我说:"苔米,没事,你是女孩,将来没资格上夏家宗谱的,没有那么多讲究。"

我这才松了一口气,随即又无端愤怒起来,然而这种愤怒无可诉说,时间久了,也就渐渐淡忘了。

　　这些都是闲话,我写在这里也没有什么意思。我是想说,大人们最喜欢瞎折腾了。但是他们要折腾我们也没有办法,谁叫我们是他们的孩子呢,孩子没有发言权。

　　吴双说着这话,我们所有的记忆都瞬间苏醒过来,陈小艺说:"对对对,你在黄洋的书上乱写乱画,被谢老师发现了,谢老师还罚你站了一天的墙角。"

　　吴双深深叹息:"这都是血泪的回忆啊……"他的话音还没落下,四周的气氛突然间变得很奇怪。

　　一群人都安静了下来。所有的目光,或落在那本书上,或落在周巧儿脸上。谁都没有说话。

　　吴双说完这句话,终于反应过来,说:"不对啊,黄洋的书,周巧儿,怎么会在你手里?"

19

我没有偷

"你拿黄洋的书来充实班级的小书柜……这还不如不拿呢。"站在后面的金秀瘪瘪嘴巴,扬声叫起来,"黄洋黄洋,你过来看看,这是你的书!"

轰的一下,四面涌起了很多声浪,我听见后面似乎有同学在窃窃私语:

"没啥没啥,就是周巧儿偷了黄洋的书,冒充自己的书,来交小书柜的任务,结果被吴双发现了……"

"连本课外书也偷,她真的这么穷吗?"

"她没课外书,又买不起课外书就直接说呗,谢老师又不会为难她……"

周巧儿腾地站起来。她浑身颤抖,嘴唇哆嗦,尖厉地叫起来:"我……没有偷!"

周巧儿站在自己的位置上,就像一只炸毛的刺猬;神色癫狂,绝望的声音就在教室里回响。

然而回答她的只有寂静。出奇的寂静……片刻之后,好奇的、鄙视的、看热闹的目光都收回了,大多数人各做各的事儿去了;只有吴双将自己的书往我面前一放,嘴巴里嘀咕:"夏苔米,我又没污蔑她,这确实是黄洋的书,上面有我写的字,证据确凿……"

"黄洋都还没有说话,你急什么?"我转头看了周巧儿一眼,她那绝望的神色让我有些心塞,又有点恨铁不成钢的怒气:"周巧儿,你告诉大家这书怎么来的就成,是黄洋送给你的吗?"

黄洋是一个大方的性格,周巧儿拿不出课外书,黄洋送她一本旧书,虽然有些不合情理,却也能解释这件事。

听到我的话,边上就有"切"声响起。吴双扭头看黄洋,大声笑:"黄洋,你这是英雄救美,还是怜贫惜弱?哈哈……"

周巧儿浑身颤抖,脸色竟然有些发白,她没有回答我的话。却听见黄洋说:"我没有送书给她。"

黄洋的声音就像一枚炸弹,再度在教室里炸开。方丽怒了:"大家安静,安静!再吵我就去叫谢老师了!"

有同学说:"方丽,你还是赶紧去叫谢老师吧,我们班里出了小偷,这可是大事!"

周巧儿尖着嗓子又大声重申了一遍:"我没有偷!我……真的没有偷!"

大颗大颗的泪珠落下来,周巧儿终于颓然坐下,趴在桌子上,呜呜咽咽地哭起来。

陈小艺低声说了几句:"刚才吴双问你这书是不是买了很多年,看了很多遍,你都回答是。巧儿,我想和你交朋友,但是你如果偷东西,我就不想理你了。"

周巧儿抬起头,看着陈小艺,又将头趴下去。她没有再发出声音,但是肩膀一耸一耸的,还在哭。

吴双对着我做了一个鬼脸,说:"唉,没话说了,就知道哭。哭能抵什么用?夏苔米,那个鲁迅的哪篇小说里不是有一句话吗,叫什么窃书不算偷?读书人的事,怎么能算偷呢?"

面前的场景让我烦躁。我想起前些天在大樟树底下看见的周巧儿。那时她与我说的话,那时的她也是这般瘦弱而且绝望。

我知道在这种场合,我不应该帮周巧儿说话。继续帮她说话,容易引来同学们的反感。同学们能忍耐周巧儿不参与对付李老师的大计,也能忍耐周巧儿吃中饭的时候捡走不吃的鸡腿和肥肉,但是他们绝对不会容忍班里出现一个小偷。

我应该明哲保身。陈小艺已经不大喜欢我了,我不能让更多的人不喜欢我。

但是……我依然忍不住想要为周巧儿说一句话——她真的不像是小偷。

沉默了一会儿,我说:"黄洋,你这个学期,有没有将这本课外书带到教室来过?"

黄洋挠了挠头,终于说道:"好像没有。"

我说:"大家想一想,黄洋他是极少看课外书的……"不少同学就笑起来,黄洋不服气:"我哪里不看课外书……"

林诗涵就笑:"你是看课外书,但向来只看漫画,只看《火影忍者》!谢老师的办公室里有一摞呢!"

同学们爆发出更响亮的笑声。作为语文老师,谢老师最痛恨的不是学生打架,而是学生看漫画。她说:"随便哪本有字的书看一看,对你的学习也还有一点帮助,看漫画看再多又有什么用!"当然,她顶顶痛恨的不是学生看漫画,而是学生看日本漫画。她说:"这是文化侵略。文化侵略,你知道吗?像你这样,我们国家的下一代,迟早要做亡国奴!"所以,只要发现教室里有漫画,她就两个字,没收! 她对黄洋说:"你什么时候语文考上 90 分,就什么时候来拿回去!"

但是几年了,黄洋的语文成绩从来也没有上过 90 分。而且随着年级的提高,他的分数越来越低,他那一堆"火影",只能放在谢老师的办公室里当废纸卖了。

说实话，我也有些想不明白。既然谢老师都认定那些日本漫画是文化侵略了，怎么还有那么多出版社愿意拼命地印这种玩意儿呢？

闲话扯回来。我看了黄洋一眼，说："不是好像没有，是肯定没有！大家只要想想就知道，黄洋这个性子，会在书包里装这种用不到的书吗？黄洋根本不会带这本书来，那周巧儿去哪儿偷这本书？难不成是上黄洋家偷的吗？"

听我盘问黄洋，周巧儿也不哭了，抬起头看着黄洋，又看看我。

吴张桐呵呵笑："福尔摩斯·夏，果然牛。"

我白了吴张桐一眼，说："还有一点最关键，如果这书真的是周巧儿从黄洋那儿偷来的，她会堂而皇之地带到教室来，还摆在小书柜上吗？被大家发现是迟早的事！那么愚蠢的事情，谁都不会干！"

周巧儿眼睛里闪着亮光，眼泪又要下来了。陈小艺抽出两张纸巾递到周巧儿手里。

吴张桐大声鼓掌："夏苔米，你是不是被某个伪小学生穿越附身了？"

什么乱七八糟的，我没听懂。于是拍拍手："好了好了，这事儿就到此为止，大家赶紧登记，等下就上课了。登记完的人，赶紧回自己的位置读书，托尼等下要来听写英语单词！"

周巧儿向我道了一声谢，托尼老师就进来了。

傍晚的时候,李老师居然没有留堂。周巧儿当然是第一个走的,其他很多同学也背起书包回家了,好在吴张桐还是有脑子的,当下叫住几个人,我、方丽、林诗涵、吴张桐、黄洋几个人又去了一趟老师办公室,每个人问了一个问题,拖延了李老师半个小时。

否则的话,非让李老师看出破绽来不可。

算起来,帮助李老师纠正留堂坏习惯这个大计划,到现在所有的目标都已经完全实现,只要稍加巩固就可以了。但是我们心中,却没有丝毫喜悦之情。我觉得,最主要的原因,还是我们今天经历的事情实在太多了,多得让我们疲劳,所以连高兴都不会了。

回家的时候我的心情还很不好。陈小艺已经先走了,我走过校门口的时候突然站定脚步。

往左转,往右转,都有很多小吃摊。

我想要去小吃摊看看,看看酸辣粉的摊子在不在。

卖甘蔗的摊子还在。卖水果沙拉的摊子也还在。卖油煎饼的摊子却不在了。卖酸辣粉的摊子也不在了。

莫名有些怅惘。

过了人行道,前面就是一溜儿店面,卖各种东西的都有。其中最热闹的当数棋牌室,里面人声永远鼎沸。

我想了想,推门进了棋牌室,冲着看门的老太太笑了笑,抬高声音问:"老奶奶,黄洋的妈妈在吗?"

老太太就问:"黄洋的妈妈?哪个?叫什么名字?"

我比画了一下:"中等个子,三十八九岁年纪,头发这么长,眼睛是眯眯眼,眉毛很粗。"

老太太还是听不大明白,就说:"你进去看看,要礼貌,别捣乱。"

我一走进去就看见了,黄洋妈妈正坐在麻将桌前,身前摆满了各种花花绿绿的筹码。

我叫了几声"黄洋妈妈",她都没有听见。好在边上的一个络腮胡子听见了,抽了一口烟,大声叫:"王秀珠,一个小姑娘找你,是不是你儿子捣蛋了?"

黄洋妈妈这才看见我,急忙站起来,衣服带动桌子上的牌和筹码,稀里哗啦地掉了一地。黄洋的妈妈对边上的人说了一声"帮我收拾一下",三步并作两步,走到我面前,问道:"你是……唉唉,你看我这记性,我知道你是我儿子班里的那个……成绩最好的,你叫什么名字?你来找我有什么事儿?"

边上的络腮胡子又喷了一口烟,大声说:"王秀珠,这可不行,你连媳妇儿的名字都不知道,这婆婆没做好啊……"

我狠狠瞪了那个络腮胡子一眼,对黄洋妈妈说:"黄洋妈妈,是这样的,这个学期我妈妈要我写一堆读后感,可是很多书我都没有了,去学校借又要定期归还,不大方便。我想起您家藏了那么多书,就想来借几本。"

20 我的侦破故事

黄洋妈妈说:"到我家来借书?成成成,你知道我家在哪儿的吧,就前面那个小区,三幢15号楼道下面的那个车库。嗯,305号车库。去年前年的书,从你们学校搬出来后我一直都搁在车库里呢,你自己去看去挑吧。我把钥匙给你,打完这一圈就过来……"

说着话,她就将钥匙塞到我手里,又坐回到麻将桌前面去了。喧哗声又响了起来,她又扭过头对我说了一句:"我们家在805,你去车库的时候,对着楼上叫一声,叫黄洋把电饭煲给压上。嗯,钥匙也不用送回来了,我等下就回来,如果等不及,你就叫黄洋下来拿钥匙,顺便告诉他用功做作业。你成绩好,他肯定会听你的。"

对着天上掉下来的任务，我表示很无力也很无奈。我想起我家女皇陛下曾经说过的那些话，很想将那些话对黄洋妈妈复述一遍，但是看着烟雾笼罩的棋牌室，觉得这里对我的寿命损害太大，决定不再浪费时间。

我拿着钥匙去了黄洋家的楼下。摁了805的门铃，果然听见黄洋那不耐烦的声音："又不带钥匙！我跑来跑去开门，耽误我学习知道不……"

我忍不住笑，叫："黄洋！别玩游戏了，下来！"

"夏苔米！"

黄洋喊了一声，拖着拖鞋就从楼上窜下来了，手上还捏着一个手机。跑到我面前，说："夏苔米夏大人，御驾亲临，有何贵干？"

我将自己编造的理由又说了一遍，说："我要借好多书，直接打开你家车库不大好，你下来帮忙看一下。另外阿姨叫你先把电饭煲给压上，然后把作业做好。"

黄洋斜着眼睛，说："电饭煲的事情还用得着说吗，老早就压上了。不然这么些年就靠我妈，我还不饿死？"

别人家的事情，我不好评论。于是我就又问道："那做菜呢，也你做？"

黄洋说："前些年是饿着肚子吃白米饭，配榨菜咸蛋，或者硬熬着等她回家来做菜。后来我试着自己炒个蛋。这些年不用我炒蛋了，直接用手机点外卖，人家会给我送过来，我只要洗一个饭碗就够了。"

我说:"阿姨说立马就过来。"

黄洋呵呵一笑,说道:"立马?现在五点了,我敢说,不到七点钟,她不会回来的。他们夫妻俩都绑在牌桌上了,怎么会这么快回来!"

我不敢想象那样的生活,随即吸了吸鼻子,说:"我们先去看看你家的车库吧。"

我们就将车库给打开了。结果,如我所料。

空荡荡的车库里,除一辆车之外,别无他物。

黄洋"咦"了一声,急道:"这么多书,这么多书都去哪儿了?夏苔米你等着,我给我妈我爸打电话。这么多年,从教室里搬了这么多书回来,怎么全不见了?我当初还跟我老爸说,等我结了婚,这些书都要搬到我的新房去,放在书架上摆着看也好!"

黄洋居然考虑得这么长远,我可真没法搭嘴。

黄洋手忙脚乱地给他爸妈打电话。在电话里,他与两人各吵了一架,才对我说:"就在暑假里,我家那文盲老头,说家里藏了那么多书,结果害他打牌老是'输',于是把书全卖给收废品的了。不过不要紧,夏苔米,你要什么书,书名报给我,我帮你去网上买,直接寄到我们学校,几天就寄到了,保证不耽误事儿。"

我忙笑着说:"不用这么麻烦,其实我妈开的书单,我们学校的图书馆里都有,我就是嫌要算日子还书麻烦。你这边没有的话,我就先回家了,你赶紧做作业。"

黄洋还要客气,但是我坚决不要,他也只能作罢。黄洋送我到小区门口,分别的时候,他说:"夏苔米,我真的很羡慕你。"

我心里酸酸的。对他说:"所以你现在要努力读书,等将来你小孩子读书的时候,你不去搓麻将,陪着孩子看书,给孩子做个好榜样。"

黄洋垂下头,说:"好好读书,我还能读好书吗?现在才六年级,我已经很多题目都不会做了……"

我说:"那你来问我,或者去问方丽,去问吴张桐,去问班里成绩好的人,大家都会教你的。"

黄洋的眼睛里闪烁着光,说:"好。"

周二放学的时候,我去了城乡接合部最近的一处废品收购站。

所谓废品收购站,其实是两间快要倒塌的小屋。小屋前面的院子里堆满了废铜烂铁,边上是泡沫箱子塑料瓶,很多塑料瓶都是装饮料的,口子开着,散发着一种又酸又甜的腐烂气息,大大小小的苍蝇嘤嘤嗡嗡地在塑料瓶山上飞来飞去。

看守废品收购站的是一个耳背的老爷爷,只会说明州话,我说了半天,他也不明白什么意思。于是我从口袋里掏出十元纸币,比画了一下,然后对着半开着的小屋门指过去 —— 里面堆着纸板和各色书本纸张。

老爷爷终于明白了我的意思，笑着指着前面的书山，示意我前去挑选。

我仔仔细细选了一圈，没有找到印象中属于黄洋的任何书籍。不过倒也找到了两本好书，还都有九成新，于是就拿了起来。直起身子的时候又看见一本封面张牙舞爪的书——下面有一行小字"天蚕土豆著"。

我就将那本书捡起来，书名叫《斗破苍穹》，天蚕土豆是作者的名字。我知道了，天蚕土豆有一本书叫《斗破苍穹》。我知道了！我想要将书放下去，但是鬼使神差地，又将书拿了起来。

老爷爷接过我手中的书，放在电子秤上称了一下，又接过我手中的纸币，找给我六块四毛钱。

我将三本书塞进自己的书包，心猛然跳得厉害……有一种做了坏事的惶然，又有一种刺激的窃喜。

回到家里，妈妈已经下班了，桌上的饭菜都已经摆好。看见我，妈妈忙问："李老师都不留堂了，你怎么还这么晚回家？"

我说："我去同学家将作业做了一半。"

妈妈说："怎么可以去人家家里做作业，人家妈妈还要招待你。"

我说："没事儿，同学的妈妈不在家，我们俩讨论了一下题目，看着吃晚饭时间快到了我就回来了，没麻烦人家妈妈。"

妈妈说："这就好，不过以后你也可以邀请人家来我们家做

作业。"

我答应了,说:"以后再说吧,我已经与同学说好,明天还去他家做作业。"

从小到大,我没有在妈妈面前撒过谎。小时候担心的是撒谎之后鼻子会变长,后来是担心撒谎被妈妈识破挨批评。然而今天撒起谎来,我竟然脸不红心不跳,语调自然,不留破绽。可见我是真的有撒谎天赋,只是平时没有机会演练而已。

飞快地吃完饭,我将自己关进房间,翻开作业做了几题——心中却有一只小老鼠在挠痒痒,浑身难受——作业怎么也做不进去,学习效率非常低下。

妈妈说,学习效率低下的时候要分析原因,要努力解决问题。

我知道问题出在哪儿。于是我告诉自己说,我就看一眼,就一眼,看一下人家的书里讲的是什么……

于是我检查了一下门,将锁扣上,才从书包里将《斗破苍穹》给拿出来。

这一本,上面有一行字:第十五集。翻到最后一页,很明显,第十五集不是最后一册。

这让我有些为难。我不喜欢太长的小说。而且我手中只有一册,还没有头尾。

但我还是决定看几页,就看几页。看看到底写的是什么东西,居然有这么大的魔力——让吴双这些人全废寝忘食,忘乎所以。

再说全班都知道就我不知道，也很丢脸。

然后——我没有听见敲门的声音。我也没有听见门锁转动的声音。我也没有听见妈妈从外面走进来站在我身后的声音。

妈妈伸手拿过我的书，眼睛里含着恨铁不成钢的怒气，就这么静静地看着我。我整个身子都震悚起来，想要开口解释，但又发不出声响。

"夏苔米，你让妈妈失望了。"妈妈终于说话了，她在我的床沿坐下来，看着我，"我一向以为你是一个很自律的孩子。但是今天你却将门给锁了，妈妈还要找钥匙才能打开女儿的房门。"

我看了看妈妈，很想说话，但又发现，实在无话可说。

"从你读书开始，妈妈就什么事情都与你商量着办。妈妈从来没有逼着你做你不愿意的事情。但是你要知道，你都小学六年级了，人家都上了几个补习班，而你……居然看这种书？你不知道这是在浪费自己的生命吗？"

妈妈说话的声音不响，事实上她说话的调子一直都很温柔。但是我却从妈妈那温柔的调子里听出了愠怒。

然后，妈妈说："你这书，是从黄洋那儿拿来的吧？"

21

再接再厉,继续撒谎

这话就像一个闷雷在我头顶上炸响,我急忙说:"不是不是!"

"你是一个懂事的女孩子。你不要与妈妈撒谎。昨天你与黄洋在春天花园小区门口说话,被妈妈的同事看见了。妈妈没有多想,因为妈妈相信自己的孩子。今天你又这么晚回家,妈妈也没有多想。但是现在我看见了这本书……妈妈就不能不多想了。你告诉我,这书是哪里来的?方丽家有这样的书,林诗涵家有这样的书,还是陈小艺家有这样的书?"

我无法辩解。妈妈反问完毕,才恼怒地说道:"如果你这书是从吴张桐家里拿来的,我倒也不是很着急。然而,你却跑到黄洋家里去了!"

我不服气地说:"黄洋也不是坏学生。"

"黄洋不是坏学生?"妈妈的调子往上抬了一个八度,"才小学六年级,考试就经常不及格,不是坏学生?每天就知道打游戏,还不是坏学生?这样的学生我见得多了,现在还不至于很坏,等上了初中,抽烟打架就全会了!你跟着黄洋混,你是想要做一个怎样的学生?"

我无法辩解。只能低声说:"黄洋他不抽烟不打架,他说要好好学习,不玩游戏了。"

"小孩子说话,能做几分钟准?"妈妈冷笑了一声,说,"不是妈妈看死了黄洋,就凭着他爸爸妈妈那个模样,黄洋就好不起来。小孩子要学好,是需要有一个大人时时刻刻在边上提醒监督着的,监督个三五年,养成好的学习习惯了,才能放松一些。黄洋的妈妈,整天都泡在棋牌室里,她能管好自己的孩子?"

妈妈说得很肯定,肯定得不容我反驳。我这才发觉我们偏离了重点,又急忙说道:"这书不是从黄洋那儿借来的。"

妈妈皱眉说:"不是从黄洋那儿借来的?妈妈只是与你讲道理,不是真的生你气,你也用不着撒谎。夏苔米,你听妈妈说。这样的书,没有任何营养,更浪费你时间,不能读;黄洋这样的人,也是没有什么优点的,你不要与他交往。妈妈只有你一个女儿,妈妈最担心你学坏,所谓'近朱者赤近墨者黑',你知道吗?"

妈妈已经很激动了,虽然她说话的声音还是很平稳的。

我知道自己不应与妈妈再辩论下去，但是我心中依然有些不服气。我终于说出最后一句："妈妈，我不会近墨者黑，我想要让黄洋这样的人近朱者赤。再说，这本书，我也只是有些好奇而已 —— 我肯定不会看的，那么长……"只是后面两句话，我有些心虚。

"你能保证你自己不学坏吗？"妈妈的手放在我的肩膀上，"很可能，当你认为自己不会学坏的时候，你已经无声无息地在变坏！因为每个人最看不清的人就是自己！就举这本书的例子，你只是好奇，就看一眼这个书，认为自己不会入迷……但是事实上，你已经入迷了，你连妈妈进门来都不知道！"

妈妈举的这个例子，我实在没有反驳的余地。妈妈检查了一下我的作业，说："还说去同学家完成了大半的作业！现在都已经七点半了！如果不是妈妈进门来，你还要不要写作业？你要几点钟完成作业，然后上床睡觉？"

看着桌子上的作业，我咬了咬嘴唇，不敢吭声了。

妈妈说："明天早点回家。妈妈相信你。妈妈不会去找谢老师说这事儿的。你向来自律，与其他的小孩子不一样。妈妈看过你的 QQ 聊天记录，你们班的那些小孩，每个晚上都在 QQ 群里聊天，你却极少说话。我相信你，这件事，就到此为止。你再也不用妈妈提醒了，是吗？"

妈妈带着书，转身就出去了。看着妈妈走出去，我猛然想起一件事,问道:"妈妈……QQ 群的事情,是你告诉谢老师的吗?"

妈妈说:"对啊,暑假的时候我就告诉她了,她说开学的时候就整顿……怎么了,你们被谢老师批评了?"

我的脑子轰轰作响。真相居然在此刻大白了。陈小艺一直怀疑告密的人是周巧儿。我虽然一直都说告密的事儿不见得是周巧儿做的,但是心底里一直都有一丝怀疑。

一种无可言说的酸楚,就像烟雾一般,从我的心底冒上来,将我的整个心都笼罩住了。

—— 我再也没有心思做作业了。

—— 不管怎样,我明天一定要再跑几个废品收购站,我要找到周巧儿的无罪证明。

虽然妈妈说,明天不能太迟回家,但是 —— 我不管了!

其实我不知道我们家附近有多少个废品收购站。不过我有平板,可以在网上搜索。用小纸条将路线记下来,藏在书包里。下午全都是副课,音体美,都不要紧;于是我就举手,告诉体育老师"我肚子疼",又去了一趟谢老师办公室,告诉谢老师:"我有事儿,要回家换件衣服。"

谢老师看着我捂着肚子的情景,就忙说:"我给你妈妈打个电话吧,你带着家里的钥匙吗?要不要纸巾?"又给我倒了一杯热水。

我说:"不用了,我带着家里的钥匙,我自己回家就成。家又不远,我妈妈工作也忙。"

谢老师说:"好,下午反正都是副课,你就自己回家吧。回家灌个热水袋捂着,会好很多 —— 算了算了,谢老师送你回家去。"

谢老师说着,就去拿车钥匙。我想要拒绝,但是不知怎么的,竟然无法开口,于是任凭谢老师拿着车钥匙,带我走向车库,载着我回到小区,将我送上了楼……

谢老师终于走了。很多沉甸甸的重量压在我的心头,像一座山。

但我终究还是从沙发上一跃而起,从妈妈的抽屉里拿出两张一百元,顺手又带上我自己的病历卡,背上小背包,出门,先上卫生院! —— 谢老师有我妈妈的QQ,肯定会跟我妈妈说起我今天请假的事情,一个谎需要另一个谎来圆。

挂了一个中医的号,果然,中医科里坐满了等候的病人。再不迟疑,我出了医院,叫了一辆出租车,按照小纸条上的地址,直奔废品收购站!

这些事情,昨天晚上在床上的时候,我已经在头脑里预演了很多遍。

非常幸运,这个废品收购站的老板是一个能说普通话的中年男子,我说明来意后,他很爽快地告诉我:"前几天是有个与你差不多年纪的孩子来过,拿了一袋塑料瓶和废纸,换走了两本旧书……"只是我想让他写一张证明的时候,他却不肯了,于是我说,我买两本旧书。

然而这一次的两本旧书,他却是按照书本后面的定价收钱的。虽然心疼,好在我想要的东西终于到手。然后我又乘车奔回卫生院,告诉医生说"我最近经常失眠"。

医生当然告诉我说我的身体一切正常,"小朋友你健康得不得了,之所以失眠估计是学习压力太大了,你放松一些,我给你开两帖安神的药吃吃——你这么小,会吃中药吗?"

于是我腼腆地笑了笑,说:"谢医生你忘了,我从小就是吃你的药长大的,我感冒发烧都来你这里配中药。"

谢医生失笑,边上排队的老人家也全笑了:难怪自己一个人来看病,竟然是熟门熟路了!

正在等候抓药的工夫,妈妈急火火地来了。看见我,才松了一口气,说:"你这娃娃,来卫生院也不给妈妈留一张字条,妈妈都差点报警了!妈妈还以为你离家出走了!幸好妈妈聪明,翻了抽屉,看到少了钱和病历卡,才直奔卫生院来!也幸好妈妈与卫生院挂号处的人都熟,才能查到你挂了中医科!"

妈妈不但与医院挂号处的人熟,甚至与半个卫生院的人都熟。卫生系统与教育系统向来是亲家,妈妈学校里不少人就是卫生院医生的女婿或者媳妇,妈妈教导过很多医生的孩子,也教过不少后来成为医生的孩子。

正所谓最危险的地方就是最安全的地方。妈妈估计怎么也想不到,我居然见缝插针做了这么一件大事。

看着妈妈那急火火的神色,我心中是有些惭愧的。我很想将书包里的东西拿出来,对妈妈说出真相。

但是我终究没有说。我不知道我这温柔的妈妈,慈爱的妈妈,对我向来严格要求的妈妈,会怎么评价这件事。

我不能冒险。

于是我就笑。边上的人全表扬我懂事。妈妈又得意地夸赞了我一番,才带着我回家。

我果然是有撒谎天赋的。

这天晚上,我失眠了很久,虽然睡前喝了安神的中药,但是一点作用都没有。

22 福尔摩斯·夏

周四上午课程很忙。虽然排着三节课,但是我们却上了整整一上午课! —— 因为中间我们根本没有下过课!

前天上完第一个小单元,昨天谢老师做了一个随堂小测验,今天讲评试卷,她从早读课开始分析,连着第一节课一起上,马马虎虎终于将一张卷子讲完了;昨天作业做得不好,李老师很生气,提前进教室,拍着桌子骂了半节课,后来上课时间不够,李老师又拖了堂,连着中间做操的时间,都没将我们放出去;然后新的科学老师来了,因为与大家不熟悉,花了一点时间让大家做自我介绍,上课的时间又不够了 —— 好在这时候吃饭的铃声响了起来,科学老师认为不能耽误我们吃饭,于是与大家约好,吃完饭,利用午休时间给大家补上,这才一步三回头地走了。

中饭是我不爱吃的鸡米花。我就直接将鸡米花全都拨到了周巧儿的碗里。她有些手足无措——自从那天被人说破之后,这些日子,她已经不收大家不吃的肉食了。

她那手足无措的样子,让我也觉得有些尴尬,于是我若无其事地笑着说:"下次遇上你不爱吃的,也给我吃。"

周巧儿这才放松下来,小口小口地吃起了饭。

我吃完饭就回教室了。本来也想等一下周巧儿的,但是她还要管理餐桌的卫生。

到教室的时候,已经有三四个女生在了。林诗涵与陈小艺两个脑袋凑在一起,对着一张试卷叽叽喳喳不知在说些什么。我不由笑了一下,我知道林诗涵很郁闷。

林诗涵的成绩很优秀,但是她的名次却很尴尬。她的数学成绩总是输给吴张桐,拿了很多次第二名;她的语文成绩总是输给我,拿了很多次第二名;她的英语成绩总是输给方丽和我,也拿了很多次第二名……至于总评成绩嘛,不是输给吴张桐,就是输给方丽,不是输给方丽,就是输给我——最好的时候考了班级第二,最差的时候考了班级第四!

上个学期期末好不容易熬到吴张桐语文成绩大跳水,结果……不好意思,我的总评成绩比林诗涵高了0.5分!

千年老二,说多了都是泪。

但是现在看来,这个千年老二也不见得能保住了。就在昨天的语文小测验中,我考了第一,九十七分,周巧儿第二,九十六分,林诗涵第三,九十三分,陈小艺第四,九十二分。顺便交代一句,昨天的小测验是没有作文的,林诗涵这九十三分,已经让谢老师相当失望了……

现在,林诗涵与陈小艺凑在一起叽叽喳喳,肯定是在说语文考试的事儿。

我也没有多在意,将饭碗放好,又叫来黄洋、吴双几个人:"带好课本!去那边学英语去!"

才说着话,却见周巧儿急匆匆地从外面奔进来。她说:"还是学第三课吗,我有几个单词总摸不准……"

却见收作业的小组长在大声吆喝:"你们几个别走,先将订正好的语文试卷交上。"

我让开位置,周巧儿就低头在抽屉里翻课本、找试卷,我看她的脸色猛然变了一下,说:"夏苔米,有人动过我的课桌了。"

我忙问:"你带钱了?"

周巧儿说:"我没有带钱,但是我抽屉里向来是语文书和英语书一摞,数学书与其他书一摞,但是现在数学书却放到英语书上面去了……而且我的试卷不见了。"

"你是说有小偷?"边上有声音响了起来,正是吴双,"我们班没有小偷的,袁雷经常带几百元钱来上学,也没见他丢了东西。

你抽屉里有什么值钱的东西,值几百块?"

我有些愠怒地看着吴双,周巧儿手足无措,但是她终于站定,并大声说:"我没说我们班级有小偷。我只是说,有人动了我的试卷。是谁?将我的试卷还给我!"

吴双摊摊手,说:"好吧,要偷试卷,大家也该偷夏苔米的,夏苔米的分数比你高!偷你的试卷干什么,拿去卖废纸也不值一毛钱!"也许是觉得这话比较精彩,吴双自顾自地嘿嘿笑起来。

教室响起稀稀拉拉附和的笑声,有同学笑着回应:"偷你抽屉的课外书还有点用,好歹下个学期还有小书柜任务……"

说话的人正是袁雷。

周巧儿睁大眼睛瞪袁雷,大声说道:"我不是小偷!我没有偷书!"

袁雷耸着肩膀说:"这我就不知道了。我只知道你拿来的旧书,恰好是黄洋拿到班里给全班同学都看过的旧书。黄洋家的旧书怎么会到你手上?而且黄洋说了没送书给你,这事儿完全没法解释……"

周巧儿大声说:"反正我没有偷书!我怎么得到书的,不用向你解释!"

袁雷说:"那就是没法解释了,是不是……"

周巧儿说:"我没有偷书!"她的声音高亢而尖厉。

我拍了拍周巧儿的手。周巧儿转头,气呼呼地看着我。等看见我的笑脸,她终于发现自己脸上的表情有些不对,急忙挤出一个笑来。

我说:"袁雷,你不要再说这书的事儿了。书是周巧儿买的,我证明。"

一群人都诧异地看着我。我举起周巧儿的手,说:"我们放学后做什么?大多数人都是回家做作业,张嘴等吃饭,吃了饭就看电视吧。吴双你放学后做什么?你放学回家后第一件事是玩游戏吧?黄洋,你现在放学后回家的第一件事情是干什么?"

黄洋挠挠头,说:"你叫我不要玩游戏,我忍了两天,昨天晚上没忍住。"

我说:"我们班级小书柜里的书,都是家长掏钱买的,黄洋妈妈今年花了一千多元钱,吴张桐妈妈和我妈妈都花了七八百,有些同学拿了旧书来,但是那些旧书,也都是爸爸妈妈买的,谁花自己赚的钱买过书了?"

"我。"黄洋毫不客气地举手,"我花自己的零花钱买过……"

"那是你自己赚的钱吗?还不是你父母给你的。你做了啥事儿去挣钱了?"我毫不客气地反驳,"你买书的事儿就别提了,花了几百块钱买的《火影》,现在都还在谢老师办公室里堆着呢!"

四周响起轻轻的笑声。

然后我说:"那两本书,是周巧儿自己买的。"

顿了顿,我说:"周巧儿,我知道你不想说,我知道你甚至觉得很自卑,不愿意告诉别人你的生活是怎样的。所以,当班里有人说起你爸爸的职业,你很生气,说起你爸爸的酸辣粉摊子被人掀了,你更加生气,但是……巧儿,这些都不是你的错,大家如果嘲笑你,那是大家的错!所以你应该告诉大家,你没有零花钱,没法给大家买新书。你捡了好多瓶子和废纸,送到废品收购站,用那些卖废品的钱,买回了这两本书!"

周巧儿的眼睛里含着泪花。她看着我,嘴唇嚅动了一下,问道:"你……怎么知道?"

"我怎么知道?我是福尔摩斯·夏!"我举起周巧儿的手,"我去了黄洋家,知道黄洋的爸爸把很多旧书给卖了。那旧书肯定去了废品收购站,于是我又去废品收购站,还拿到了收购站老板的证明!你们看,证明在这儿。你们也可以自己去查证。还有一件很要紧的事情,前些日子我问过我妈妈了,她说,QQ群的事情,是她暑假的时候告诉谢老师的……说起来泄密的人是我,不是周巧儿,大家不要再冤枉她了。她是我们的好同学,她为我们班级做了很多事情,我们应该和她好!吴双,袁雷,你们不许再胡说八道!"

我一口气将话说完,教室里陡然安静了下来,片刻之后,有人大声叫起来:"福尔摩斯·夏,神目如电,明察秋毫……"

正是吴张桐。

却不想黄洋就接了下去:"千秋万载,一统江湖!"

于是教室里几个男同学就一起大喊:"福尔摩斯·夏苔米,神目如电,明察秋毫,千秋万载,一统江湖——"

什么跟什么啊!

周巧儿轻轻拉了一下我的衣袖,问我:"同学们都这么……疯吗?"她的眼里还含着泪,嘴角却露出笑意。

我点点头,说:"等时间长了习惯了就好……"

男同学叫了一遍后,女同学也跟了进来。于是整个一楼都喧闹起来——然后,谢老师就绷着脸出现在班级门口。

所有的笑声戛然而止,千秋万载,一统江湖,也被大家硬生生吞回了肚子。

谢老师的声音颇有几分愠怒:"三天不打,上房揭瓦!吴张桐,肯定是你捣乱,站好,告诉老师,发生什么事儿了?"

吴张桐老老实实地站起来,说:"谢老师,这真的不是我们班同学的错,相反,您老人家知道这事情的真相之后,一定会被我们的同学之爱感动……"

我蓦然想起一件非常重要的事情,当下急得差点跺脚,忙说道:"谢老师,这是我们同学之间的小秘密,您就不要问了,我们马上就读书,会保持好纪律的……"

我的妈妈语重心长

谢老师忍不住笑:"夏苔米,你长胆子了,居然与我讲秘密!吴张桐,你说!"

吴张桐挠挠头,说:"谢老师,夏苔米这是怕您表扬她,所以不愿意我说,这叫作什么事了拂衣去,深藏功与名。不过您听完事情的真相后,一定要表扬夏苔米,她真的太厉害了……"

完了完了,一瞬之间,我希望脚底下马上地震,希望脚底下的火山马上喷发,希望来一连串的意外阻止吴张桐说话……但是意外最终还是没有发生。

所谓猪队友,说的就是吴张桐!

我脸色灰白,恨不得拿块抹布来将他的嘴巴给堵上!

吴张桐叽里呱啦将事情的经过陈述了一遍,事情的起因、经过、结果,重点得当,详略分明,甚至还对周巧儿、吴双和我三个重要角色展开了语言描写、动作描写、神态描写,活灵活现。

边上的同学专心致志地听着,尤其是几个比较晚进教室的同学,当然了,时不时也有同学插嘴补充,表示赞叹。

同学们都希望谢老师将我狠狠表扬一番。

但是谢老师关注的重点与普通同学显然有明显的差异。她先说:"从这件事,我看到我们班大多数同学都是团结友爱的,老师很欣慰。尤其是夏苔米同学,表现尤其出色,你维护了周巧儿同学的名誉,也维护了我们班级的团结。周巧儿同学的这种自立自强的精神也值得我们的学习。她买书不花父母的钱,而是自己去想办法挣,这是我们班其他同学都做不到的!嗯,我要做个规定,班级小书柜的事情,以后再也不许家长参与了,大家自己想办法挣钱,去给班级买书!"

顿时,下面唉声叹气响成一片。

谢老师露出一个得意的笑:"不过另外有几件事情,老师觉得很迷惑,想要问一下大家。首先,班里发生这么大的事情,你们居然没有人告诉我?嗯,你们当老师是班级的摆设?你们不信任我?同学们,我的玻璃心受伤了!还有你,周巧儿,你自己挣钱买书,有什么好丢脸的,居然支支吾吾不肯说?老师想要告诉你,流自己的汗,吃自己的饭,这是最值得骄傲的事情,一点都不可耻!倒是这么大热天的,你让夏苔米为了帮你破案,背着书包逃课,几天走了几个废品收购站,你忍心?还有你,吴双,之前夏苔米已经分析过了,周巧儿偷书的可能性不大,你居然还时时刻刻将偷书的事情挂在嘴边,你这是欺负周巧儿老实,还是故意挑起同学之间的矛盾?你该不该批评?"

这下,吴双急了:"谢老师……我真的没有您说的那么坏,我真的……就是觉得这件事情有疑问,顺口就说出来了,根本没有想过要挑起班级矛盾……"

谢老师一声断喝:"站到墙角去!语文作业双倍!连续一周!如果我发现你的作业有一星儿潦草,那下周再双倍!"

吴双不敢吭声,当下就默默拿着书本站到墙角去了。

谢老师又环顾了四周一圈,说:"谁拿了周巧儿的试卷,拿出来。因为你拿周巧儿的试卷对一下答案,结果闹出这么大的事情,居然一点都不内疚?都十几岁的人了,怎么可以这么没有担当?"

林诗涵终于举手站起来,涨红了脸,说:"老师……我真的不是想要偷试卷,我只是想看看她为什么考得比我好。我本来想要立马放回去,但是……周巧儿叫起来,我就不好意思了。"

陈小艺也站起来,低头说:"谢老师,我也有份。"

谢老师欣慰地点点头,说:"还成,还算是敢作敢当。好了,最后说一句,我们班级的同学都是非常团结的,非常友爱的,非常聪明的!今天的事儿就到此为止,接下来,该干啥就干啥去。夏苔米,你来我办公室!"

好吧,算账的时候到了。我垂着头跟着谢老师去了办公室。

老老实实将昨天和前天的事情都交代了一遍。谢老师气得笑起来:"好啊,真聪明啊,这是与谢老师还有你妈妈玩游击战啊!居然还制订了这么严密的撒谎计划,夏苔米,你真有出息!"

我站在办公室的墙角,一声也不敢吭。

谢老师指着我的鼻子说:"你以为自己是谁?真的是福尔摩斯?还是救贫扶弱的大侠客?你看武侠剧看出问题了你!你知道吗,你才十二岁!你一个人拿着几百块钱跑东跑西,谁都不知道你去了哪里,你知不知道这样很危险?你不刷微博不看报,不知道这个世界上有多少坏人最喜欢拐骗你这个年纪的小女孩!到时候叫天天不应,叫地地不灵,你去抱怨谁去!"

谢老师一口气骂了五分钟,才拿起杯子喝了一口水,说:"幸好老师没有心脏病也没有高血压,否则非得被你气出毛病来不可!夏苔米,你记着,你还是小孩!你还是小孩!有事情找老师,找妈妈爸爸。你要相信老师,相信妈妈爸爸!你现在最大的问题是,你不相信大人!"

我不相信大人吗?我睁大迷惘的双眼看着谢老师。是的,我应该相信大人的,但是……大人们,你们难道不该想想,我们为什么不愿意相信你们吗?

谢老师噼里啪啦、叽里呱啦教训了整整半个小时。我低头认错,一声不吭地站在墙角听了半个小时。

谢老师的苦口婆心终于告一段落。我鼓起勇气,眼巴巴看着谢老师,低声哀求:"谢老师,您罚我,怎么罚都成……您不要告诉我妈妈,好吗?"

"罚?当然要罚。不告诉你妈妈?当然不行。"谢老师嘴巴努了努,对着窗外说,"不好意思,你妈妈今天来我们小学开会,讨论诗词大赛的事儿——讨论完了,她肯定会来——她已经来了,老师就是不说,你以为能瞒得住?"

让我高兴也让我伤心的是,爸爸妈妈没有选择混合双打。

只是语重心长,语重心长,语重心长。重得像泰山,长得像黄河。

重点如下:

第一,你不应该欺骗谢老师。

第二,你不应该欺骗妈妈。

第三,你不应该自己一个人去冒险。

第四,同学的事情是同学的事情,同学不肯说出真相那就让她自己承担后果,你管什么闲事?你真的以为自己是太平洋上的警察?

第五,夏苔米,你长胆子了,居然计划严密、不露破绽地实行连环骗!你实话告诉妈妈,你到底骗了妈妈多少次?

第六，……

第七，……

第八，……

我妈妈的主业是教师，擅长与学生谈心，副业是作家，她不但擅长写抒情散文，还擅长写议论文。

当教师与作家合体，化身为教育狂魔的时候，你可以想象我所承受的压力。更何况我们家还有一个教师，时不时来几个助攻。

我承认妈妈说得很有道理。我的确很惭愧，而且已经认了很多次错。然而我也说过，我的妈妈有一种病，那就是长篇大论综合征。这种病最突出的特点，就是一批评起孩子来就收不住。他们在批评别人的时候获得一种心理的快感，从而感觉到自己智商的优越性。而实际上，我们这些孩子，有时也会用关爱智障的眼神无奈地看着滔滔不绝、唾沫横飞的大人。

很多大人都有这种病，可是大人们偏生都不认为这是一种病。说起来我的妈妈还是不错的，至少她批评我的时候，能摆事实、讲道理，逻辑严密、条理清楚，极少有重复的句子，而不会像李老师那样一句话反反复复骂个十几遍，就像一个卡壳的复读机，让人头昏脑涨又偏偏不敢摁暂停键。

谈心一直谈到晚上九点。谈到我打了一个长长的哈欠。

好在九点钟之后，妈妈终于想起一件很重要的事情："全镇小学生诗词大赛，妈妈是评委，你肯定要参加。这些日子收收心,先将妈妈给你选的几本书重新复习一下。你给谢老师捅了这么大的一个娄子,过两天好好表现,给谢老师挣一个面子回来!"

这是让我将功赎罪呢,我急忙答应。

更何况这是一个上舞台的机会。其实我也挺喜欢在公众场合晒晒我的博学多才,顺便收获一些崇拜的目光的。

诗词大赛,我来了!

24

诗词大赛有人拖后腿

关于诗词大赛的事情,我其实并不乐观。就我们班级的情况来看,我和吴张桐、林诗涵都是读过几首课外古诗词的,但是正所谓强中更有强中手,全镇六年级有十五个班级,哪个班级都有几个高手。

意外随时都可能发生,我们不能阴沟里翻船。

诗词大赛采用抢答赛的方式,三四五六年级,每个班级抽三人组成一队,每个年级分三个小组先进行初赛,每个小组的第一、第二名参加决赛,最后一轮是三四五年级的第一名向六年级的前三名班级发起挑战赛。镇上领导决定在国庆节之前的那个晚上举行最后一轮挑战赛,所以六年级的初赛,就定在下周一。

第二天我抱着妈妈给我的一摞书去了学校。早自习的时候谢老师就指定了参加比赛的人选:"就根据上一次考试的成绩来吧,相对公平些。夏苔米,你是组长,周巧儿、林诗涵,你们是组员,你们三人就是我们601班最顶尖的力量了,我相信你们一定能在比赛中扬我601班班威!"

我愣住了。

同学们噼里啪啦鼓掌。周巧儿听着谢老师的吩咐,眼睛亮晶晶的,看看谢老师,又看看我,说:"谢老师真的让我参加比赛?真的让我参加比赛?"

我没有好气地说:"是是是!不用这么祥林嫂。你赶紧看书!"

谢老师不知道的是:

周巧儿曾经说过,她家没有课外书。她过去的班里,唯一的课外书就是挂在教室后墙上的作文选。

周巧儿的语文成绩非常好,在小测验中,她只丢了四分,其中还有因为她写句子的时候少写了两个句号,被谢老师狠狠扣的两分。如果不考虑这个问题,她的成绩还在我之上。

但是那张卷子上,没有任何课外古诗词。

我很想举手告诉谢老师,你应该换一个人。换吴张桐,换方丽,换陈小艺,换江心玉,就是换上黄好禾子也行,他们的诗词积累肯定都比周巧儿强。

然而我看着周巧儿亮晶晶的眼睛,想要举起的右手,竟然有千钧重量。

举手让老师撤回刚才的话,周巧儿会怎么看我,全班同学会怎么看我,谢老师又会怎么看我。不举手的话,这个比赛……其实就相当于让我和林诗涵两个人去抗其他班级的三个人。我……没有这个自信。

为了班级的利益,我必须举手。但是看着身边周巧儿亮晶晶的小眼睛,我又迟疑了。

或许,我应该让周巧儿自己认识到这个比赛的难度。于是我扭过头,问周巧儿:"我妈妈说,这次诗词大赛,大部分都是课外的古诗词!"

周巧儿的眼睛亮晶晶的:"课外的?课内的八十首我都背熟了,课外的背得不多,我以前的刘老师教过我们一些,但是刘老师走后我就没有再背了。"

我只好将手上的五本书分了两本放在她手里:"你抓紧时间,这些天所有的体育课、劳技课、音乐课、自习课、美术课咱们仨都不上了,咱们就看这几本书!林诗涵,你也来拿两本。"

周巧儿立马就翻开看了起来。看着周巧儿那认真的表情,我叹了一口气,算了算了,冒险就冒险吧。

周巧儿是语文数学双科学霸,她的情商虽然很低,但是她的智商一点问题都没有。我们接下来还有整整一个周末呢,即便临时抱佛脚,她应该也能背上好多古诗词了……我抬起头,谢老师已经回办公室了。

事实上,这种纯实力的比赛,不存在多少运气的成分。再勤奋的人,只看三天半的书,也不可能立马化身诗词达人。

诗词大赛初赛第一轮,我们总分与607班并列小组第二,但是我们却被淘汰了。因为我们在必答题里出现了两次错误,而607班没有出现错误。在总分相同的情况下,根据小组赛的规则,必答题环节正确率比较高的班级胜出。

必答题的规则是,每个参赛选手必须回答两个问题。我回答出两道必答题、七道抢答题;林诗涵回答出两道必答题、五道抢答题;周巧儿在必答题阶段错了两道题,回答出一道抢答题。

个人成绩,我拿到九十分,林诗涵拿到七十分,周巧儿负三十分。因为必答题的规矩是,正确得十分,错误扣二十分。

那两道难倒周巧儿的问题分别是:《将进酒·君不见黄河之水天上来》的作者是谁;柳永的原名叫什么。

而且这还不是填空题,是选择题。

周巧儿拿着话筒站在舞台的正中间,我与林诗涵已经急得额头冒汗,而坐在下面当观众的601班同学,都已经急得将答案给叫了出来——尤其是《将进酒》那道题目,因为我们班同学发出的声音超过了主持人忍耐的极限,主持人威胁我们再说话就取消参赛资格了——但是周巧儿居然没听见!

站在台上足足一分钟之后,她做出了错误的选择。

事实上,《将进酒》这首诗,我妈妈给我选的五本资料书里,每一本都有收录。不用说我们六年级的孩子,就是三四年级的小朋友,不少人都能全诗背诵。

至于柳永的原名这个题目,答不出来,我真的不怪她。

比赛结束的时候,我拿了一个优秀选手奖。但这根本不能让我高兴起来。走出赛场、穿过走廊回教室的时候,陈小艺拿过我的奖状看了一会儿,才叹了一口气说:"如果我们班级能小组出线就好了。"

我不想说话。身后却有同学搭腔:"小组出线?夏苔米已经很给力了,林诗涵也很出色。她们两个在这次比赛中的得分可是全部选手里的前五呢,可是禁不住有人拖后腿啊。"

声音不算阴阳怪气,但听了依然让人不舒服。不过这也正是我想说的,所以我也懒得打圆场。

"连《将进酒》的作者都不知道!我们班级有几个人不知道?我都不知道这全班第二名是怎么考出来的。难不成是因为坐在夏苔米身边,考高分就方便了?"

"谢老师是傻了才会选她!我看,就是选我,也比她上台强!上台不能挣分也就算了,还给班级拖后腿!拖了整整三十分!呵呵,如果她不上场,我们班就是第一名!"

林诗涵突然爆出一句话:"别说话了,没看见人家正烦着吗?"

"涵涵，我们没怪你，你别多心。"陈小艺急忙说话，"苔米，我们也没有怪你，你别难受了，你的成绩全校老师都看见了。你们没给我们班级丢脸。"

我的身边突然传出呜咽的声音，周巧儿捂着脸，从我身边奔了过去。却听见有人在叫"啊呀，我的眼镜！"是金秀的声音，她的眼镜掉到地上了。

金秀蹲下身子在地上摸索，方丽忙叫："后面的人站住！别挤！"

吴张桐也叫："金秀的眼镜掉地上了，别踩了！"

好在金秀很快就捡起了眼镜。大家继续往前走。梁珊珊对陈小艺说："给班级拖了后腿，还不让别人说。没有金刚钻，却硬要揽瓷器活。自己有没有实力，谢老师不知道，她自己还不知道？一定要上台。现在丢脸了，还不让同学们说两句出出气，这样的人，我也是醉了。"

陈小艺说："山里人，没见识。前几天我们还与她握手做朋友呢，后悔死我了，这都什么人啊。"

我也很烦。第一是埋怨自己，当初为什么不当机立断举手；第二是埋怨周巧儿，自己没有自知之明；第三，最最烦的，就是身边的一群同学！

于是我吼了一句："没完没了，还让不让人清静了！"

同学们都安静了下来。大家回到教室，周巧儿不在。

方丽走过来，对我说："周巧儿不在厕所里，我们几个班干部去找找看，别出事了。"

我不耐烦地说："你们去找吧，我刚刚比完赛，累死了，不去！"

方丽深深叹了一口气，说："事已至此……"

我恼："少拽文言文，我听不懂！"

方丽说："好好好，你先冷静一下。苔米，你们已经很出色了，别太懊恼。"

我看见方丽拉着吴张桐、房大梁几个人出去了。鼻子酸楚得厉害，想要找张纸巾，但是妈妈昨天居然没有在我书包里放纸巾。我不想向陈小艺要，不想让同学们知道我要抹眼泪。于是我想起了周巧儿，前些天她有点小感冒，我就将一大包餐巾纸全给了她。当时看她塞在课桌里，应该没有用完。

于是我打开了她的抽屉。抽屉里的书本分成两摞，纸巾就放在语文英语那一摞上面。拿起餐巾纸，我就看见下面一本摊开的日记本。

带密码锁的日记本，是 9 月 2 日那一天，我送给她的。

被踩坏的眼镜

日记没有上锁,就这么堂而皇之地打开着。

鬼使神差一般,我往那日记本上看了一眼。就一眼。

"我真的太幸福了。谢老师居然让我去参加比赛!据说是与电视里一样的比赛,每个人面前有机器,摁机器就能抢答呢!决赛与挑战赛,还有领导来看!还能上电视!我一定要参加比赛,我一定要上电视,我可以打电话告诉奶奶,奶奶就可以去邻居家看我了!"—— 周巧儿,你不知道,电视有很多频道,我们小镇的电视频道,你奶奶家那边根本搜不到。

果然是乡巴佬。

"夏苔米说,参加比赛要看很多课外书。夏苔米很厉害,她看了很多很多的课外书,她一个人看的课外书,比我们以前一个班级所有同学看的课外书都要多!可能比刘老师看的课外书都要多。夏苔米说,她家关于古代文学的书就有满满一书柜,她妈妈是大学问家!我知道我比不上夏苔米,但是我一定要努力,我不能拖后腿,夏苔米给我看的书,我一定要看完,看不懂我也要看完。但是,我还是有些担心。"

"我看了两天书,好多东西都看不懂。中饭的时候炒菜炒煳了,妈妈骂了我一顿。爸爸说,巧儿,我们回老家去读书吧?妈妈说,读什么书,读两本书就连青菜都不会炒了,再读下去还得了?我没读书,我也照样嫁老公生小孩过日子,一个女孩子,读书又有什么用?……他们吵了整整两个小时,我好烦。"

这一页早已看完了。不由自主地,我又翻开了下一页。

"晚上的时候爸爸看见我的日记了,他又骂了我一顿。我知道他们都不喜欢我,他们喜欢我弟弟。我弟弟才三岁,他们已经商量着要将他送到明州的幼儿园里去。他们说,将弟弟送到幼儿园,妈妈的手就自由了,就能去工厂做事,就能多挣一笔钱。他们不打算将弟弟送回奶奶家,他们说读书一定要在明州读,幼儿园开始就要在明州读,花再多的钱都没关系——但是当年我奶奶向妈妈爸爸要钱,要他们给学费送我去读幼儿园的时候,妈妈就不肯。我到现在也没有读过幼儿园,我都不知道幼儿园里的老师是怎么上课的,会教哪些儿歌。如果弟弟开春就去读幼儿园的话,他能在幼儿园里读三年半……"

"心里好烦,一天也就看了几页书……爸爸去街口摆摊了,他要我一起去,说如果城管来了,他就可以跑,留下我看摊子,'城管看你这么小,不会为难你,不会没收我们的摊子。隔壁那个卖饼的人就是这么做的,她让九岁的女儿帮她看摊子,在摊子前挂了一个牌子"勤工俭学,多多照顾",生意特别好,连城管都不掀她的摊子。'妈妈很郁闷地说:'可是巧儿长得太高了,不过你带着她去也好。'我带着书本去了,我想只要有空下来的时间我就可以看看书,但是一整天,我都看不进去。我想,夏苔米肯定会骂我。夏苔米今天肯定看了很多书,她的妈妈我见过,在谢老师的办公室里,她妈妈今天肯定会给她辅导,可是我的妈妈却没有文化。我也说要教妈妈读书认字,但是她一开口就骂我。"

"爸爸又看见我记日记了,他又骂了我一顿。我想我要将日记藏到学校里去——夏苔米说这是密码锁日记本,但是怎么弄密码,我还不会,明天去问夏苔米好了。今天就要比赛了,我好紧张。我去找谢老师,要谢老师换一个人,谢老师说,名单已经报上去了,换不了,你就上吧,尽力而为,即使输了也不要紧。再说你要对夏苔米有信心,她一个人能打别人十个……谢老师表扬起夏苔米来真的是眉飞色舞,我也想要谢老师为我而骄傲,但是……我担心我做不到。"

这一页又看完了,我又往下翻了一页——"马上要比赛了,我不能再胡思乱想。我要好好比赛,让小组出线。我要让奶奶与邻居还有刘老师、秦老师还有青娃、小豆子都能在电视上看到我……"

后面几个字很潦草。

日记本前面还有很多内容。我很想翻到前面去偷看。反正已经偷看三页了,五十步与一百步没有区别。但是我又不想偷看。我不知道继续偷看下去,我还能不能维持我的情绪。

我从小在农村长大,在外婆身边长大。我自认为很熟悉农村的生活,我以为所有的农民都如我的外婆一样会唱好听的儿歌,都像外公一样认识天上的星座,家里都有一个大大的书柜,都会订阅一份报纸。

现在我才知道,江南农村的农民,与偏远地区的农民,有着两种截然不同的生存状态。我才知道,我那喜欢长篇大论,有着长篇大论综合征的妈妈,在周巧儿眼中,是怎样一种可望而不可即的存在。

我曾经为家里的宗谱不在乎我的名字而抑郁,现在我才知道那简直是无病呻吟,荒唐可笑。周巧儿一定不会为宗谱里的名字而烦恼,她要烦恼的问题是,她能不能顺利地完成她的学业。

我抱怨周巧儿没有自知之明,抱怨她在这几天不发奋努力。但却不知道,在我躲进空调房的时候,在我厌倦妈妈絮絮叨叨的辅导的时候,周巧儿就站在烈日底下,一边吆喝着她的酸辣粉,一边徒劳地想要完成我给她定的任务。

我根本没有理由责怪周巧儿,也没有任何理由鄙视她。站在另一个角度,我甚至……需要去仰望她。

她能在烈日下满大街小巷去翻垃圾桶,她能跑到废品收购站与商贩讨价还价。她能跟随父亲去卖酸辣粉,她甚至做好了单独一个人面对城管的准备。这在我看来,简直难以想象。

突然起了一种冲动,我要去寻找周巧儿,我要告诉她,我并没有责怪她,六年级生活才刚刚开始,我们班级还会面临很多比赛,我们还有的是时间,有的是机会。或者,我还应该向谢老师建议,找一节班队课,聊聊各自的生活,让同学们走进周巧儿的世界。

然而正在这时候,我听见一声惊呼:"我的眼镜……我的眼镜,断了!"

那是金秀的声音。教室里的同学,呼啦全围了过去。

眼镜还没有完全断裂。然而我们都能看见,眼镜上面,有一个鞋印,隐约可见。

眼镜的鼻梁部分,已经完全歪曲变形。上面有一道深深的裂痕。只要稍稍用一点力气,就能将这副眼镜拗成两截。

就算不拗成两截,这副眼镜也没有办法继续戴了,因为它整个都变形了。

金秀呜呜咽咽地哭起来:"我妈妈会骂我,我妈妈会打死我的……"

这个意外让全班人的心情都很不好。黄洋去叫了老师，而我对金秀说："先别哭，会有办法解决的。"

陈小艺说："你先回忆一下，你的眼镜是怎么掉的，这一脚是谁踩上去的。"

金秀说："我戴着眼镜走路，本来走得好好的，但是周巧儿突然挤开我往前冲，我的眼镜就掉下来了。我看不见，急忙叫，方丽与吴张桐就叫大家都停下来……我也不知道是谁踩的。"

梁珊珊生气地说："又是周巧儿！她来我们班之后闹出多少事情了。坑了我们班的小组第一名不算，现在还踩坏了金秀的眼镜，真是一个惹祸精！"

陈软软说："也别这么说，踩坏眼镜的事情，她也不是故意的……"

谢老师进来了。摸了摸金秀的头，看了看眼镜，对金秀说："好了，别哭了，没事儿。"看了一圈四周，说："这眼镜是谁踩着的，都不知道吗？"

黄洋忙说："老师，我走在后面，距离金秀还有十万八千里呢。"

袁雷嘿嘿笑着："老师，您也别看我，所谓男女有别，我们男生距离她们女生都远着呢。话说距离她们女生最近的人就是吴张桐了，不过吴张桐也走在金秀的后面。所以您别看男生了，我们这些男生，敢作敢当，您要相信我们的人品！"

陈小艺站起来说："老师，当时金秀与陈软软还有我三个人并排走,林诗涵和方丽还有夏苔米走在前面,我后面是梁珊珊、黄好禾子还有周巧儿。周巧儿突然拨开金秀与陈软软,往前冲,金秀的眼镜就掉了,然后方丽与吴张桐他们就叫大家都停下脚步,但大家还是推着我们往前走了两步,所以眼镜还是被踩坏了。"

谢老师皱着眉说道:"既然这样,我们全班都有责任。这样吧,金秀,你今天晚上先抽空去将眼镜给配上吧,开个收据回来,我们班会费报销。"

"老师,不好。"一个同学举起了手,"我们都有责任这没错,但谁是主要责任,谁是次要责任,这总要区分一下吧。如果不是周巧儿先惹祸,后面也就没那么多事儿了!"

"对啊,对啊。"

"你们啊……"谢老师笑着摇摇头,说,"周巧儿今天输了比赛,她自己也够难受了……好了,等下我找周巧儿谈谈。"

却听见教室门口传来脚步声,然后周巧儿的声音响了起来:"老师,眼镜是我撞掉的……我赔。"

巧儿,我们帮你凑钱

周巧儿站在教室门口,后面跟着方丽。周巧儿脸色苍白,眼神却尖锐明亮。她大声说:"我赔!老师,我穷,给我一点时间……这些钱,我赔得起!"

周巧儿说完这句话,就径直回到座位上,直挺挺地坐下来,看也不看我一眼。

不知怎么的,我的心压得难受。我写了一张纸条:"你有这么多钱吗?"

这年月,配一副眼镜至少要八九百。贵的不是镜片而是镜框。其实我一直到现在也没有弄明白,为什么一副框子要卖这么多钱。便宜一点的智能手机,也就几百块,两者的技术含量,根本不能相提并论！普通一点的羽绒服，也只要几百块，两者之间包含的劳动量，也不能相提并论！而同样是眼镜框子，外公的老花眼镜，一副框子才几块钱。

我实在不明白眼镜店是怎么给眼镜框子定价的。

周巧儿没有继续写字，她转过头，斩钉截铁地说出两个字："我能！"

我说："这不是你一个人的责任。"

周巧儿说："这就是我的责任！你别管！"

她的声音有些尖厉。有同学看了过来。她的脸色终于缓和下来，扯出一个尴尬的笑，说："对不起……我不应该对你凶……我刚才有点忍不住。"

上课老师进来了，我们的话题就没有继续下去。

放学的时候，周巧儿照例还是早早就走了，金秀也急匆匆回家了，吴张桐拿着数学题准备去李老师办公室。我说："别去了，方丽，吴张桐，房大梁，还有林诗涵，我们几个班干部留下来，开个会，好不好？"

吴张桐嘿嘿笑："开什么会，马上就改选了，还用得着开会吗？我说改选的话我肯定不做数学课代表了，这数学课代表的压力实在太大……"

我说："别说废话。金秀的眼镜问题，一定要解决的。"

吴张桐挠挠头:"金秀的眼镜问题?周巧儿说她能拿出钱来的。"

我走到周巧儿的抽屉边上,拿出周巧儿的日记本。

周巧儿的日记本已经上锁了。但是怎么上锁还是我教她的,我当然知道密码。打开,递给吴张桐。

吴张桐的眼睛里慢慢浮起了一层水雾。他将日记本递给方丽,方丽拿了一张餐巾纸,捂住了鼻子。

几个脑袋全都凑过来。黄洋也将脑袋凑过来,笑嘻嘻地问:"你们看什么好看的呢?"

房大梁没好气地瞪了黄洋一眼,说:"我们在偷看别人的日记,你不要过来,你嘴巴不牢靠!"

我说:"她很土气,很多事儿不懂,闹了很多笑话……但是我觉得,那不是她的错。"

方丽捂着鼻子,说:"是的,不是她的错。"

吴张桐说:"其实谢老师说得对,金秀这笔钱,班会费出就可以了,毕竟我们班级里的同学都有责任。"

林诗涵声音有些哽咽,说:"我们现在去找谢老师,与谢老师说,眼镜还是用班会费赔偿吧。"

陈小艺走过来,看着日记,沉默了一会儿,说道:"现在有一个问题,那就是用班会费赔偿,我们班有的同学或许会不乐意。"

我说:"现在最关键的,还是她自己的问题,她不肯接受谢老师的处理办法,我们班同学又认定她责任比较大,她也认为自己要负主要责任。"

陈小艺说:"那怎么办,她回家与她爸爸说,肯定会挨打,说不定还会让她到太阳底下去卖酸辣粉……要不,我们捐款,不动用班会费,将这笔钱给赔了?"

"捐款?成啊,我捐!可惜上周刚闹腾一场,我的零花钱被爸爸收走了,不能多捐了,现在每周也才一百块零花钱,"叽里呱啦说话的是袁雷,"你们说给谁捐款?……给周巧儿?哈,我收回我原先的话!"

陈小艺瞪眼看着袁雷,喝道:"袁雷,你死开!"

袁雷嘿嘿笑道:"你们这些人真是上赶着,我给周巧儿送钱,人家都把钱砸回来了,你们居然还……陈小艺,你给我看啥?我说,凡是有字的东西都与我有仇……这是周巧儿的日记?你们要给她捐款?凑眼镜钱?……好吧,算我一份。"

方丽说:"不能这么直接送钱。袁雷,你上次是太鲁莽了一点,这样直接给她钱,的确伤了她的自尊心。"

袁雷摸着自己的脑袋,嘿嘿笑:"我什么也不懂,只知道捐钱就是直接拿钱。"

吴张桐说:"再说了,大家捐钱,也是捐父母的钱。除了袁雷的手头宽裕一点,其他人每天的零花钱也就几元,有些同学还不一定会参与,这样要凑足一副眼镜的钱,也需要一点时间。"

袁雷揉了揉鼻子说:"要不,我去找手机店卖手机?我家里还有两个全新的手机呢,反正放着也没多大用处,我卖了妈妈也不会知道。不过也不知能卖多少钱,到时候就说是大家借给她的,让她慢慢还,还上一两年都没关系。"

大家都笑起来,吴张桐就说:"好好好,土豪·袁,您老人家果然豪气!不过还是那个问题,大家给她捐款,她会不会觉得伤自尊心。还有,你一口气拿出这么多钱来,不知道的人,会乱说话的。"

我们班级是一个很团结很友爱也很干净的班级,但其他的班级,却总有一些莫名其妙的话题。有些人最喜欢谈论谁和谁谈恋爱了,谁又对谁单相思了……袁雷借钱给周巧儿,多么好的话题啊。

而周巧儿,是一个脆弱而且敏感的人。

大家都有些烦恼。

方丽终于说:"我有一个不是办法的办法。我们凑点钱,拉着周巧儿一起去做生意,挣了钱,多分给她……其实都给她也没有关系。我们学校的小店关门了……但同学们其实很有买东西的需要!"

卖东西?我们的眼睛都亮了起来。

我们学校以前是有小店的,里面各色学习用品,各种小零食,花色繁多、琳琅满目。后来校长说,学校就是学校,卖什么东西啊,就将小店给关了。同学们都很不习惯呢。

吴张桐说:"校长会批评我们的。"

方丽说:"我们只卖学习用品,只是为了方便低年级的同学!校长要批评,我们就说,是帮他们带货,助人为乐。我有个堂弟,他是四年级的,我看过他的课本,马上要学几何了,他们要买圆规和三角尺。我们还可以进一些本子和水笔,校门口的小店里的水笔样子都好丑,我们去找些漂亮的来。"

吴张桐也想起来了,说:"三年级马上要学书法了!啊啊啊,我要赶紧去问问看,他们买字帖、买毛笔了没,还有毛边纸……"说着就一溜烟地冲了出去。

袁雷说:"兴趣班要开课了,绘画班需要绘画专用的铅笔、橡皮、素描纸、宣纸!"

我说:"成,那算一下,我们能凑多少本钱!"

袁雷说:"本钱就不用凑了,我出!我手上没钱了,但是手机里还有两千多呢。我老爸不知道。那是我之前偷偷留着玩游戏用的!如果是捐款,这笔钱倒不好操作,如果是去买东西,那就相当于套现了,带着手机去进货就成。"

我说:"方丽,你与301班的班长挺熟的?你去找她商量一下,让她帮忙在班里统计一下,需要多少东西,我们好心里有数。我去找406班的班长。还有其他人,你们有哪些人认识的,都利用起来!趁着现在各个班级的人还没有走光,赶紧的,去问问看,找找熟人!"

方丽家开了一个小卖部,她对进货的流程相当熟悉。因此,分别的时候她还向我们表示:"我今天回家之后多给太上皇捏捏脖子、捶捶腿,一定将他的渠道一字不漏地全套出来!"

次日金秀就戴着一副新眼镜来了,然后走到周巧儿跟前,默不作声,将一张收据往周巧儿面前一放。周巧儿接过,看了看上面的数字,脸色有些发白。

我当作没看见,对周巧儿说:"我们班的同学决定合伙挣一点小钱,去批发市场进一点学习用品,然后去其他班级推销,你也参加吧。"

周巧儿看看我,又低头说:"可是我没本钱。"

我笑着说:"不出本钱。我们只出力。本钱是黄洋的。中午11点45分到12点30分,我们一起去跑五年级这幢楼,能卖多少是多少。12点31分就回来,因为校长吃完中饭喜欢巡逻。挣了钱,我们几个平分。"

其实本钱是袁雷的,但是袁雷说,这事儿他藏在幕后就好,毕竟上一次他直接给周巧儿送钱的事儿将周巧儿得罪狠了,万一周巧儿听说他的名字就不愿意参与呢?

以防万一,我们就统一口径,说本钱是黄洋的。

吴张桐拿着一张练习簿上的纸过来,说:"夏苔米,签合同签合同!周巧儿,你要参加不?"

我看了看吴张桐拟定的所谓合同,上面歪歪扭扭已经写了黄洋与吴张桐的名字。我笑嘻嘻地将名字签上,又笑着将"合同"递给周巧儿。周巧儿迟疑了一下,也签上了名。

只是放学后我招呼周巧儿一起去进货的时候,周巧儿迟疑了一下,说:"进货的事情……还是拜托你们吧,我……真的有事儿。"说完话,她又急匆匆走了。

吴张桐叹了一口气,说:"她肯定是去帮她爸爸看摊子了。"

方丽气鼓鼓地说:"她爸爸这是雇用童工。"

陈小艺说:"比雇用童工还可怕,她爸爸不给她钱。"

27

金秀的妈妈来了

批发市场距离我们学校不算太远,不过要转两辆公交车。我与方丽、陈小艺几个人,家里管得比较紧,因此进货的任务就交给袁雷、黄洋还有吴张桐。

袁雷、黄洋家里从来不管儿子死活,所以他们根本不用向家里请假。至于吴张桐如何向家里编造谎言,我们并不担心。

关于进多少货的事情,也简单。今天已经做了市场调研,甚至已经拿到很多明确的订单,有数学学霸·吴在,根本不用担心买多了。

相反,我们担心的是本钱太少,不够买。

至于搬运回来的货放哪里,问题也很好解决。在附近的拆迁小区里,袁雷家有七套房子、八个车库,大多数车库都是空着的,这些东西放一个晚上,袁雷的爸爸妈妈根本不可能发现。

一切都安排妥当,只等明天放货。

合同上签的只有我、吴张桐、周巧儿、黄洋等几个名字。但实际上,几乎半个班级都参与了这件事。当601班火力全开,爆发出的战斗力是非常惊人的。

中午12点31分,同学们陆陆续续回到教室,到黄洋地方汇总。交钱的交钱,归还东西的归还东西。黄洋不免有些手忙脚乱,好在有吴双、吴张桐帮忙。而胖胖的袁雷,则奉命站在教室门口,拿着一块抹布,不停地擦教室那扇大门。

一个作用,放哨。

吴张桐说:"黄洋他们算账肯定比较慢,一大堆钱、一大堆东西实在太惹眼,所以袁雷你负责放哨,只要看见校长过来,你就提醒一下,然后全班同学马上齐声读书,这样校长就不会踮起脚尖往教室里面看了。而且你体积比较庞大,可以有效地遮挡校长的视线。"

我总结说,我们班的同学一个个都是做坏事的高手。

吴张桐表示反对,说:"我们不是做坏事的高手,我们是在做正经事,但是大人评价好事坏事的标准与我们不同,为了避免他们叽叽歪歪,我们只能做地下党的工作。"

我无言以对，只能表示赞同。

黄洋算完账，走到我们两个的桌前，说："今天大获全胜，一共挣了一千零三十一块，那三十一块就归我了，没意见吧？剩下一千元，我们四个人平分。诺，周巧儿，这是你的两百五十块，夏苔米，这是你的，两百五。"

他将"两百五"三个字念得很重，我生气地说："你骂谁二百五？"

黄洋挠挠头，嘿嘿笑。周巧儿没有接这笔钱，嘴唇动了动，说："今天那么多同学一起帮忙卖东西……怎么就四个人分钱？"

我说："其他同学都是被雇佣的，雇佣，你知道吧？每个参与的同学都给了十元工钱的，他们拿钱虽然少一点，但是旱涝保收。我们就不一样了，如果哪天卖不出去，或是被校长抓住，我们就得帮全班同学承担风险……所以这个也是合理的，你懂不？"

周巧儿迟疑了一下，终于说："我……觉得给我的有点多。黄洋拿本钱，我们就帮忙卖卖货，签了一个名字而已……怎么能与黄洋平分呢？"

"可是大人们都是这样分钱的啊。谁承担风险大谁就拿大头，如果我们被老师发现，就要承认是我们三个的主意，不关黄洋的事儿！你说是不是这个道理？"

周巧儿皱眉说："大人都是这么分钱的？不会吧……还有——今天才一天的时间，怎么就挣了这么多？"

我笑着说:"就你心事多!还担心黄洋给我们送钱不成!你知道吗,就那么一个橡皮,我们批发价是一元两角,校门口小店售价是三元,我们卖两元五角,一块橡皮就足足挣了一元三角!所以今天多挣一点是正常的。安啦,别多心,黄洋不会算错账的。就是算错账了,也活该,谁叫他数学没学好!"

周巧儿的眼睛中依然有些迷惑,好久才说道:"这样啊……要不,明天我少拿一点,这钱……实在有点多。"

"明天的事情明天再说。"我毫不客气地打断周巧儿的话,"今天晚上我们还要去进货。你去不?"

周巧儿咬着嘴唇,迟疑了好一阵,才说:"还是算了,你们去……后天,后天我一起去。"顿了顿,她又说,"后天我一定一起去。你们多劳动,我……少分钱吧……这两百元,黄洋,你拿去,你们三人分。"

黄洋当然没有要她的,打个哈哈就过去了。

等出了校门,我与吴张桐将手中的钱交到黄洋手里,问道:"今天竟然挣了两百五?这么多?"

黄洋说:"两百八十一,为了好计算,我拿出了两百五十元。明天还能挣一笔,但是后天估计就不行了,饱和了。今天照着昨天的量,稍微少进一点货就是。明天就要更少一点了。万一滞下很多货物,那就不好了。"

我迟疑了一下,说:"我看见金秀递给周巧儿的收据了,足足九百三十块呢,两天时间,不够的。"

袁雷说:"没事儿,咱们再卖两天,后天能挣够钱当然最好,如果挣不够,就将我的本钱给她。黄洋,这事儿就看你的了,你一定要做好假账!"

黄洋尖叫:"你不知道我是数学学渣吗?"

方丽说:"那亏空当然不能让袁雷一个人承担,我们打算到时候几个人将剩下的货物用高价买下来,一方面解决存货问题,另一方面,花了钱也要给父母一个交代。"

我们都很乐观,一直以为,解决这点事情,只要一点点时间而已。

然而时间只是到了星期四的中午,我们吃完中饭,黄洋都还没有将货拿出来分给大家去卖,一个戴着墨镜、穿着时髦的中年女子就来到我们教室的门口。她的声音里带着怒意:"金秀,金秀,你给我滚出来,你说是哪个小瘪三踩坏了你的眼镜却不给赔钱?都已经三天了还不给钱,你不敢要我来要!"

教室里所有人都吓了一大跳。金秀站起来,满脸通红,叫了一声"妈"。金秀妈妈快步走到金秀跟前,问道:"到底是哪个小瘪三踩坏了你的眼镜?你说几天之内就会将钱要到,现在钱要到了没有?"

金秀低声说:"妈,你怎么跑到学校里来要钱了,这很丢脸……你快回去,钱我会去要来的,周巧儿说过几天就会给我的,一定会给我的……"

"周巧儿,哪个是周巧儿?"金秀妈妈摘下墨镜,眼睛像探照灯一般,往教室里扫射。我、周巧儿、方丽、陈小艺几个人几乎同时站起来,那边吴张桐也快步走过来,大家都想要与金秀妈妈说话。方丽距离金秀的位置最近,一边走一边开口:"金秀妈妈,您别急……"

却不想金秀妈妈竟然一把揪住方丽的衣领,骂道:"你就是那个踩坏我女儿的眼镜还不肯赔钱的小瘪三?我看你长得也还人模狗样的……"

"你说的什么话!"这一下,教室里所有的男生女生都看不下去了,大家一哄儿围过来,人高马大的黄洋直接动手,一把将金秀妈妈的手给拿住。金秀妈妈尖声叫道:"反了反了,你们居然敢和我动手?"

眼瞅着一群同学将她围得密不透风,她虽然暴怒,却也不敢轻举妄动。

金秀声音里带着哭腔:"妈,妈!弄错人了!"

"弄错人了?"金秀妈妈松了手,黄洋也松了手。金秀妈妈看着方丽,脸色略有些尴尬,随即转过脸来,问金秀:"你个尿包,告诉妈妈,哪个是周巧儿?"

金秀跺脚叫起来:"你走,你走,你回家去,你跑到学校里做什么！"

金秀妈妈怒道："你这个洞里狗，只会对着妈妈叫！是你被人欺负了，妈妈跑到学校里来为你撑腰！居然还敢对着妈妈发脾气，你真的是欠揍了你！"说着，伸手对着金秀就是一巴掌！

她突然对着女儿动手，我们这些人全蒙了，竟然一个都没有反应过来。吴张桐反应算是快的，他伸手去拦金秀妈妈的巴掌，但是也没拦住。

周巧儿声音发颤："金秀妈妈，我是周巧儿……您别打金秀，再过几天……我一定会将钱还给您！"

知道我们秘密行动的几个同学，当下七嘴八舌地开始说话："对，我们一定很快会将钱还给你！""周巧儿一定会将钱还给你，她还不上我们也会帮她还的。""你不能这么欺负人，你是大人，你怎么冲到学校里来了？"

"一群小孩子，还敢问起大人的事儿来了？"金秀妈妈眼睛扫了一圈，呵呵笑了一声，说，"那就赶紧把钱拿出来吧，你不要告诉我你家这么穷，连这么几百块钱都拿不出来。"

泪珠在周巧儿的眼眶里转着，她的声音哽住了："我……一定会想办法还钱的，我……这里有钱，有两百五十块，您先拿着……剩下的，我会很快给您补上。"

"两百五？你这是笑话谁呢？"金秀妈妈呵呵笑了两声，将那钱冲着周巧儿砸了过去，"我们家不差这么一点钱！我就是气不过我女儿被欺负!金秀,你是不是一直被欺负,却不肯说?你给我说,你老娘在呢,给你撑腰!"

"金秀妈妈,你这是与孩子生什么气呢,有事情,咱们先去办公室说。"谢老师进来了,拦住金秀妈妈的话头,笑着吩咐大家,"大家各做各的事情去,都散了,散了。金秀妈妈,我们同学都很团结、很要好的,没有人欺负金秀。金秀,你说是不是?"

周巧儿的眼泪终于落了下来。

关于零食的故事

金秀妈妈呵呵笑道:"谢老师,您也太不管事了。别的且不说,这几年来,我隔三岔五的,给金秀买了多少零食?还不是为了讨好你们班的这些小霸王,为了不让自己的女儿受欺负。结果呢,这些年花了那么多钱,全喂了狗了!现在居然还变本加厉,连我女儿的眼镜也是说踩就踩。你当我们家的人好欺负啊!金秀,你这个不成器的,你说句话!这个班里哪些人欺负你,哪些人逼着你分零食给他们吃,现在当着谢老师跟全班同学的面,你给我说清楚!"

全班都愣住了!所有人的目光,全落在金秀脸上。片刻的沉寂之后,窃窃私语的声音响了起来,所有的声音都传达一个意思:惊讶!

在过去的几年里,我们班级一直流传着一句话:有一种妈妈,叫金秀的妈妈,给女儿买零食从不心疼。

现在,金秀的妈妈就站在我们面前,而关于零食,我们也听到了……另一种我们不能接受的答案。

金秀浑身颤抖,她的嘴唇翕动着,却发不出声音。谢老师温和地问:"金秀,你告诉我,这到底是怎么一回事?"

金秀低着头不说话。谢老师的目光落到黄洋脸上,黄洋急忙叫:"谢老师,别看我,不关我的事,我自己都不吃零食的,我只爱打游戏!再说,您看见我开小差、打游戏,您什么时候看见我欺负别人了?"

袁雷嘿嘿笑:"谢老师,您也别看我,我是坏学生,但我也只爱打游戏,我要吃零食自己有钱买,用不着吃女孩子的。"

方丽说:"谢老师,您要相信我们,我们班级同学都挺好的,如果真有这样的事情,您也不至于到今天才发现。"

金秀妈妈说:"谢老师,你看见了没,你看见了没!我都在场呢,你们班学生就话里话外地挤对我,就说我撒谎是不是?这些年我是没空来开家长会,但是你们也不能这么欺负我女儿啊。逼着她买零食,不带零食她就不敢来上学……零食买差了还不要!你们当我们家是冤大头啊……"金秀妈妈说着,嗓门越来越大了,"几年了,几年了,本来想着这么几个钱也无所谓,但是现在我实在忍不下去了,谢老师,我跟你说清楚,你不给我把这事儿解决了,我分分钟叫你下岗你知道不!"

这下子谢老师也恼了,说:"金秀妈妈,你既然不相信我们的孩子,那你就直接去校长室吧,去教育局也行,跑到我们教室里闹事,威胁一群孩子,算个什么事儿!金秀,你说,谁逼你买零食,先说明白了!"

金秀妈妈擦了一把眼泪,说:"我这可怜的孩子,哪里敢说,她如果敢说的话,我也不会给她买这么多年零食了⋯⋯"

谢老师说:"金秀妈妈,咱们有一样说一样。既然你知道我们班里存在有人逼你女儿买零食的情况,你为什么不早点来向学校反映呢?早一点说,也能多减少一点儿损失是不是?你这明显是对学校不信任啊。金秀,你说吧,不要再闹腾下去了。"

金秀浑身发颤,眼泪早已滂沱而下。谢老师柔声安慰:"金秀,对不起,谢老师刚才凶了一点点。不过你一定要说出为什么,否则,那么多同学都要被你妈妈冤枉了,是不是?"

金秀终于呜咽地说道:"没人逼我买零食⋯⋯没人向我要零食吃⋯⋯我只是想,只是想与同学们关系好一点⋯⋯"

听到这样的话,全班同学都愣住了。谢老师就问:"班里同学对你不好吗?"

金秀抬起滂沱的泪眼,说:"同学们没有对我不好⋯⋯但是开了那么多次家长会,大家的妈妈都来过,同学们都很羡慕夏苔米的妈妈,又温柔又美丽,还有吴张桐的妈妈,她能在那么大的公司里做领导,还有黄雨轩的妈妈,她能自己开公司,真的很厉害……于是我想,我也要别人羡慕我……我就要妈妈给我买零食,然后分给大家吃,这样大家也都会羡慕我了……"

教室里鸦雀无声。

金秀的声音哽咽住了:"大家都很好,真的很好……我二年级的时候从老家转学过来,原先与大家都不熟,后来我带了一些零食来上学,我发现分零食给同学们吃,同学们就愿意与我说话了……我成绩不好,又没有什么特长,什么比赛都参加不了,所以我想,我只要让妈妈多买零食过来,就能与同学们多说话了。"

四十人的大教室,只有金秀的声音,在空荡荡地回响。

我努力想要回想起小学二年级时的一切,却发现自己的脑子竟然一片空白。我根本不记得金秀是什么时候转学过来的,也不记得她刚刚转学过来时是怎样一副模样。

然而我记得最近一两年金秀的状态,除了分发零食的时候,她在班级里的存在感——真的很弱很弱。即便是在英语小组学习的时候,我也是更多地关注黄洋与吴双,下意识就忽略了金秀与陈软软……这,难道就是一种变相的欺负?

我们,总是下意识地去接近自己认为美好的事物,忽略或者疏远自己认为不美好的事物。人们喜欢穿着漂亮的孩子,喜欢成绩优秀的孩子,喜欢举止优雅大方的孩子,喜欢亲近能给自己或者集体带来帮助的孩子。不但大人是这样,我们小孩也是这样。

于是外地来的插班生金秀就这样被我们有意无意地忽略了。所以她终于想了一个办法——用零食来维护自己的骄傲。

周巧儿是有优点的,她勤劳、坚强,语文、数学的成绩很拔尖;但是她依然难以融入我们的集体,因为她的穿着不漂亮,举止不优雅,她在诗词竞赛中给班级丢了脸——所以我们班的同学下意识地看不起她——其中也包括我。她没办法用零食来维护自己的骄傲,所以只能一次又一次被班级孤立到崩溃的边缘。

"你说真话!你在家里与我不是这么说的!"金秀妈妈恼了,伸手又要往女儿脸上扇过去。好在谢老师一把将她的手抓住了,说:"金秀妈妈,打孩子不是办法。"

金秀哽咽地说:"我说的就是真话……没有人逼我买零食,是我自己想要分零食给大家吃……"

"你你你!你个神经质,你个精神病!!你当你妈的钱是大风刮来的!"

谢老师生气地说:"金秀妈妈,有话我们去办公室说,不要在教室里说话了。你说话也文明一些,不要给孩子不好的影响。"

金秀妈妈说:"好吧,零食的事情我们不说了,推我女儿踩坏我女儿眼镜的事情,还是要说的。这都已经三天了,钱还没有给我们金秀,你去给这个周巧儿的妈妈爸爸打电话,让她爸爸妈妈把钱送来,不送来,我就不走了!我也是要做生意的人,哪里有那么多时间在这里耽搁!"

周巧儿拿着两百五十元钱过来,说:"同学们给我凑了一点钱,还有一些……等我几天可以吗?"

袁雷说:"等两天,我们一定陪着周巧儿把钱送到阿姨你家里去。"

现在,袁雷的钱也全都变成货物了,我们今天还没开始卖货,手上真的没有多少钱。

谢老师说:"金秀妈妈,您先将这两百五十元钱收下,咱们先去办公室,我先将钱凑给你。"

金秀妈妈说:"谢老师,又不是你欺负我女儿,又不是你把我女儿的眼镜给踩坏的,我怎么能要你的钱。你打电话给这个周巧儿的爸爸吧,我要与他交流一下,也要让这个周巧儿长点记性是不是?"

周巧儿整个人僵在那里。

谢老师恼怒地说:"金秀妈妈,您怎么说不清楚。金秀的眼镜不是周巧儿故意踩坏的,她没有欺负金秀!钱我给你先垫付着就是了,何必一定要麻烦人家!"

金秀妈妈说:"我不管,今天一定要打电话将这个周巧儿的家长给叫来,我们面对面把事情说清楚,我女儿不是谁都可以欺负的。"

金秀妈妈还在说话的工夫,校长那油光锃亮的脑袋出现在班级门口。原来是吴张桐看着情形不妙,跑去将校长叫来了。

看见校长,金秀妈妈终于安静了下来,脸却依然绷着,说:"不管怎么样,今天我要看见这个周巧儿的家长!我们孩子之间的事情,让我们家长来解决!"

校长也觉得脑仁疼,眼睛一瞪,对着我们喝道:"你们全都回到座位上去。午休不睡觉,那就做作业!看书!谢老师,你们班的这群小朋友不收拾不行了,今天有三年级的小同学找我汇报说,他们昨天居然在学校里做了一天的生意!等下你处理一下这件事情,问一下谁带的头。"

这话就像雷霆霹雳,炸裂了半个班级的人。

完了完了,一切都完了!

29

周巧儿爸爸来了

我勉强笑了笑,对校长说:"校长大人啊,我们这是帮助同学,校门口的小店心太黑了,东西都卖那么高的价,我们这是……"

校长说:"不管怎样,你们在学校里做生意就是不对。做生意是大人的事情,你们小孩子掺和什么呢?"

金秀妈妈说:"你看你看,这么小的孩子,脑子里装的都是什么,全都是钱!你们学校是怎么教育的,教育出来的到底是怎样一群学生……"

校长没有理睬金秀妈妈,而是对谢老师说:"你给周巧儿爸爸打个电话,叫他来一趟吧。"又瞪眼看着我们,说:"夏苔米,卖东西这事儿是你牵的头是不是?还有谁?一起去办公室,等我与谢老师处理完这件事,就处理你们那件事!"

我苦了脸,低声说:"张校长,我妈妈工作很忙的,您……别通知她好不好?您所有的批评我都接受……"

校长不理我,眼睛在教室里扫了一圈,准确无误地点出几个名字来:"吴张桐!五年级的学生说你上蹿下跳卖东西卖得挺愉快。方丽!你是班长,我听说你也参与了。还有谁!你们自己站起来。"

教室里登时站起来至少一半人。校长绷着脸,对谢老师说:"你们班级这下可是全民经商了啊。上个学期期末的前五名都在呢,等下非好好整顿不可!喏,夏苔米、吴张桐、方丽、林诗涵、陈小艺,你们几个跟去办公室站着!其他人,在教室里自习!放学的时候,全班留下来写检讨!"

周巧儿举手说:"校长,我也是主谋。"

我狠狠瞪了周巧儿一眼,这人竟然是一个傻的!连"主谋"两个字都出来了,当我们在做违法犯罪的事儿呢!

校长愣了一下,才反应过来,说:"你……也跟去办公室吧。金秀也一起去。"他的语调竟然温和了下来。

我们乖乖跟着校长去了办公室。在这路上,校长向谢老师了解清楚完情况,就让谢老师回教室去了。谢老师临走的时候,看了我们一眼,眼神之中有些愠怒,又有些担忧。

她是担心我们挨训呢。

我们低下头，心中有些惭愧。我们曾经下决心不给谢老师捣乱，但是看今天的情况，谢老师的优秀老师奖状估计还是泡汤了。

我们埋怨自己，当初开会的时候，怎么没有将谢老师给考虑进去。

校长叫我们六个在办公室墙边上一溜儿站着，先好好反省反省。金秀妈妈就在那里叫嚷："校长，你是当大领导的人，这事儿你要给我个交代是不是？"

校长在自己的椅子上坐下来，指了指自己对面一张椅子，笑着对金秀妈妈说："这不是给您解决事情了嘛。金秀妈妈，您的心情我们很理解，在您心中，金秀就是一切，您也很希望金秀能成才是不是。但是作为教育者，我想对您说，这孩子的事情呢，最好还是让孩子自己去解决，孩子解决不了，大人再适当引导引导，帮助帮助。您这样直接冲到学校里来，冲到孩子的教室里来，对于解决事情帮助不大，反而让金秀难堪，是不是？"

金秀声音呜咽："校长……我……"

金秀妈妈呵斥金秀："少哭哭啼啼的！哭哭啼啼又有什么用处！我怎么生出你这么一个没用的软蛋！"又笑着对校长说，"校长，我是个粗人，没什么文化，但是我也知道一个理，一个人活在世界上，靠天靠地靠自己，她自己不硬起来，我们做家长的其实也没有什么办法。但是怎么说呢，儿女都是父母的债，我也知道这样跑到学校里来闹不好，但是我也没有其他办法了……"

吴张桐对我翻了一个白眼,用嘴型小声与我说话:"没有逻辑,没有因果,莫名其妙,乱七八糟。"

我做了口型:"闭嘴,别被校长看出来了。"

吴张桐继续嘴型:"没事,校长正头疼呢。"

校长叹气说:"金秀妈妈,您的意思我也知道,儿女都是父母的债啊,我女儿今年高三,开学第一场考试,她的成绩居然掉了五十多个名次,我和我老婆这些天都吃不好、睡不好……唉,大家都是做父母的,您的心情我理解,但是您要知道,孩子的教育必须慢慢引导,您这么着急,反而坏事了啊。现在孩子觉得丢了脸,我们接下来必须给孩子做大量的心理引导,还不一定能消除这个负面影响,您说是不是?其实呢,有谢老师看着,金秀这笔眼镜的钱,肯定是会给她的,最多也就是耽误一两天的时间嘛。刚才我也弄清楚了,金秀这副眼镜,其实也不是周巧儿一个人的责任,我这做校长的也有责任,是我没有把学生教育好,让学生好好走路。所以,金秀妈妈,我说,这副眼镜的钱,就我赔给您吧。多少钱,我给您。"校长说着,就去摸钱包。

金秀妈妈急忙说:"这怎么能要校长的钱,这是这群小东西不听话,不关校长的事情……"居然难得闹了一个大红脸,连连摆手,有些手足无措了。

校长顺势就将钱包收起来,笑着说:"无论如何,这事儿不是周巧儿一个人的责任,您不要冲着周巧儿生气了。周巧儿,这钱不能让你一个人承担,但你随意乱挤,的确要承担很大的责任。这样吧,你把你手上的钱给我,剩下的,就学校出了吧。"

周巧儿上前,将攥在手里的两百五十元钱递到校长手里。校长接过钱,从自己的钱包里又抽出几张一百元,对金秀的妈妈说:"总共多少钱?能将收据给我吗?"

周巧儿说:"收据在我那里。一共九百三十元,张校长,再给我几天时间,我一定能将钱还给您……"金秀妈妈接过钱,讪讪地笑:"我其实不是要钱,我只是担心金秀被人欺负……"

校长笑着说:"知道知道,我也是做父母的,我们都知道的。但是事实上,您也知道了,真的没有人欺负金秀,只是金秀她太想与同学们融在一块,用错了方法。事实上,金秀带零食来的事情,我们老师都是知道的,也找金秀谈过话,但是金秀就说您是最大方的性格,愿意买零食给同学们吃,我们就没有过多关注这事儿了。这也是我们工作没有做到位。"

金秀妈妈嘿嘿笑着,只是一个劲地说:"这个屁包,这个屁包,等回家我再教育她……"

正说着话,门口传来敲门的声响。校长示意吴张桐去开门,周巧儿的爸爸就进来了。他还是穿着那件已经发黄的衬衫,浑身汗涔涔的;小心翼翼地走到校长跟前,说:"张校长,我家娃……犯事儿了?您只管揍她,只管揍她,没事儿的。"

校长笑着指着边上的沙发,让他坐下来,说:"其实也没有多大的事儿,就是那副眼镜的事情。眼镜不是要九百三十块嘛,您没空交给孩子带来,现在人家妈妈误会您家巧儿欺负了她孩子,于是就想与您交流一下。我刚才了解了一下情况,知道这眼镜也不是巧儿一个人的责任……"

周巧儿爸爸愣了一下,问道:"什么……眼镜?周巧儿你弄坏人家的眼镜了?什么眼镜居然要九百三十块……怎么这么贵?"

这话一出,坐在边上的金秀妈妈就不乐意了,眼睛瞪了起来,大声说:"你这个家长,怎么说话呢你!你是说我们讹诈你是不是?我说,我们金秀原先被踩坏的那副眼镜,是在东门口配的,花了足足一千三!那天是晚上,没时间去东门口,只能去镇上配一副差一点的!而且考虑到我女儿原先这副眼镜也戴了一年了,我们想,亏一点也认了。旧眼镜的发票还在呢,要不要我跑家里去给你拿来?好了,校长,您这笔钱我也不要了,我就要这个周巧儿家的钱!就按照去年的那张发票,我给你打个八折!不算讹诈吧?"

金秀妈妈突然发起飙来,我们一群人都吓了一大跳。金秀妈妈从钱包里掏出钱来,拍到校长桌子上:"校长,我是乡下人,我就认一个理,你对我客气我也对你客气,你诬赖我我也跟你没完!校长,不是我不给你面子,实在是有些人不讲理!"

校长苦笑。我们全都目瞪口呆。

校长急忙站起来说:"金秀妈妈,你先冷静一下,周巧儿爸爸说的并不是您理解的那个意思,您这是误会了。我估摸着,是周巧儿爸爸没有配过眼镜,不知道价钱。"说着还是把钱推到了金秀妈妈面前。

周巧儿爸爸脸上青一阵白一阵,终于低声问:"真的这么贵?"

我扶了扶自己鼻梁上的眼镜,说:"周巧儿爸爸,我这副眼镜,是挑了最便宜的,花了六百九十八。"

方丽说:"我这副一千多一点。"

周巧儿爸爸就转过头,问周巧儿:"你怎么弄坏了别人的眼镜?这么多钱!"他似乎很想骂周巧儿一顿,但是在校长面前,却又不好开口。

我们是相亲相爱一家人

我们都有些看明白了,周巧儿并没有告诉她爸爸关于眼镜的事情。校长皱眉说:"巧儿,你没有与家里说眼镜的事情?那你这两百五十元从哪里来的?"

周巧儿低头说:"这么大一笔钱,我不敢与爸爸说……我想……"

"我说这些天怎么觉得家里的钱少了呢,原来是你偷了家里的钱!"周巧儿爸爸终于怒了,伸手就抓住女儿的衣襟,扇了她一巴掌,"这么几天时间,你就偷了家里两百多块钱?你不知道你爸爸挣钱不容易!你弟弟还要读幼儿园,每个月至少要花上千元!"

耳光响亮。我们都愣住了!校长从位置上跳起来,叫道:"周

巧儿爸爸,你怎么能打人?!"

周巧儿爸爸松了手,转头对着校长讷讷地笑:"校长,我也知道打人不好,但这不是性急了吗,这孩子居然敢偷钱了,不教育怎么行……"

周巧儿叫道:"我没偷钱!"

周巧儿爸爸骂道:"你这死孩子,你还嘴硬,不是偷的你哪来这么多钱!每天晚上六点半回家,还不干活,偷起家里的钱来却是一点都不手软!"

校长就问:"周巧儿,你们班每天这么晚放学?周巧儿爸爸,晚上回家的事情别怪周巧儿,我们的数学老师是全校最负责任的老师,他每天晚上抽自己的时间给孩子补课。"

我们都惊讶地看着周巧儿。

我们都知道,周巧儿每天都是最早离开教室的。李老师经常留堂,但周巧儿只被留过一次。

周巧儿说:"校长,李老师没有留我的堂……"

"老师没留你的堂,你死哪里去了?每天这么晚回家!你不会早一点回来带弟弟?你还偷家里的钱!我就是挣一个金山银山也不够你这么偷!"说着话,周巧儿爸爸又扬起了手——

吴张桐叫了起来:"那钱是我们和她一起卖东西赚的!"

方丽说:"别冤枉巧儿!"

林诗涵说:"昨天她搬东西,肩膀都压出淤青了!"

我说:"你这样的家长,难怪巧儿有事情不愿意告诉你!"

周巧儿爸爸的手僵在那里。

吴张桐说:"张校长,您有空让这些爸爸妈妈来上上课,他们考不及格,就让他们补考!凭啥我们要考试,考考考,不停考,做家长的,却从来不用考!"

金秀妈妈和周巧儿爸爸脸上都是青一阵白一阵。

校长忍不住笑了一下,随即绷着脸,说:"别以为你们卖东西是做好事,我就不批评你们!现在没问你们话,你们不许插嘴!等下写检讨书,插一句嘴多写一百字,吴张桐,你多写两百字!"转过头,招手叫周巧儿过去,掏出纸巾递给周巧儿:"同学们帮你卖东西凑钱,一天也才凑这么不到三百块的钱,但是我们学校算下来也就这么几个班级,今天再卖一天也差不多了,钱还不够,你们准备怎么凑?"

周巧儿抽噎着说:"我知道夏苔米、吴张桐他们卖东西是为了帮我。我知道昨天一天我们也就挣了两百多、三百不到的钱。我自己走了几个班,我心里是有数的。黄洋、吴张桐他们把所有挣来的钱都给了我,我其实是知道的。但是我实在太需要这笔钱了,我就当作不知道,接下来了,我想等我挣够了钱,再还给他们……"

校长问道:"你还这么小,怎么挣钱?"

周巧儿说:"这个学期,我找了校门口那边路上的一家快餐店,他们晚上生意特别好,在找洗菜切菜的人。我开学就跑去跟他们说,我每天帮他们干两个小时,他们每天给我十五元,现在已经两个多星期了,过几天就能结算了……那时就能凑够钱了。我再干一个学期,就能把夏苔米他们给我的钱全还上了……校长,你别骂他们,你要骂就骂我……"

周巧儿爸爸说:"你出去做工,你会挣钱,你居然不告诉我!你这小孩,真的是翻了天了你!"

校长深深叹了一口气,沉甸甸的手放在周巧儿身上。他点了点头,说:"你们都是好孩子。我不批评你们了。你们几个都回去上课吧,等明天把手里的货物处理了,算清楚账目,将挣上的钱和剩下的货都拿过来!听见没有?"

吴张桐走到办公室门口,又回过头说:"校长,您这是侵占我们的合法收入,我们要抗议,我们要做假账!"

这一下,校长大人的性格再好,也禁不住生气了,喝道:"赶紧回教室去!"

我们就赶忙往教室去了。

那天我们几个回教室的时候,迎接我们的是一阵雷鸣般的掌声。吴张桐就模仿着电视里领导的做派,笑着挥手:"同志们好,同志们辛苦了……"

后面的方丽轻轻推了他一把,低声说:"李老师!"

吴张桐的脸色登时就变了:李老师正站在讲台前呢。

然而李老师竟然不生气！他只是笑眯眯地看着我们，终于笑着摇摇头，说："孩子们，我听说你们这两天的事情了。只是老师想说，成长是一件很幸福的事情，你们不必如此着急。"

李老师那慢条斯理的样子让我们很不适应。吴张桐就笑着说："李老师，您也会说这么浪漫的话？"

李老师笑着骂道："忍不住又要骂你了！李老师年轻的时候也是喜欢读书写文章的！就是教了一群又一群你们这样的小鬼，性子就变急了。吴张桐，坐好，再接话，老师就罚你写检讨书！"

吴张桐连忙坐得端端正正的，嘴巴上却不闲着："老师，教书育人是一件幸福的事情，您不必如此着急。"

这一下，李老师气场再强大，全班同学还是忍不住都笑了，而且是前仰后合——李老师咳嗽了两声，同学们这才住了嘴。

我举手说："老师，我听说，所谓幸福，就是在合适的时间、合适的地点与合适的人一起做合适的事情。我们现在全班同学一起，为解决同一个困难而努力——所以，老师，我们虽然长得快了一些，但是我们依然是幸福的。"

同学们噼里啪啦鼓起掌来。李老师笑着点头，说："好，你们觉得幸福就好，不过以后做这种事情之前，你们还是要先与父母和老师商量一下……"

然后李老师又与我们说了很多大道理。当然，他虽然自诩曾是个文艺青年，但是词汇量毕竟不丰富，说起大道理来，根本不会摆事实、讲道理、深入浅出,翻来覆去就是那么几句。但是很奇怪,我们竟然没有感到厌烦。

美中不足的是,李老师表扬我们花费了一点时间,所以下课的时候还有两道题没有讲完,于是他毫不迟疑地说:"放学后你们在教室里等着,我来给你们补上!"

吴张桐大声哀叹,已经走到教室门口的李老师猛然回头,狠狠瞪了吴张桐一眼。吴张桐就急忙捂住嘴巴,随即松开,东张西望,说:"李老师,我在赶门外树上那麻雀呢……"

李老师的老脸上浮起一丝微笑,这才转身走了。周巧儿眼睛看看李老师,又看看已经凑到吴张桐身边嬉闹的同学,侧着头看着我,说:"夏苔米,我真的很喜欢我们班呢。"

我说:"是的,我也很喜欢我们班呢。"

陈小艺扭过头,说:"现在,我们班的人也很喜欢你呢。"

后面的陈勤说:"我们当然喜欢你了。我们是601班,我们是一个集体,以前我们误会了你,现在不会了。"

不知从教室的哪个角落里传出了歌声:"因为我们是一家人,相亲相爱的一家人,有福就该同享,有难必然同当,用相知相守换地久天长……"

然后全班都融入了大合唱。

吴张桐凑过来,对周巧儿说:"我今天晚上给你申请一个QQ

号,把你拉进群,我告诉你号码和密码,等以后你有了手机和电脑,就随时可以登录了。我们可以在群里聊天,当然,有事情最好还是找同学私聊说悄悄话,因为谢老师、李老师他们都加进群了……"

周巧儿笑着点头。

31

曲终了，人散了

十二岁的我们，根本没有经历过任何风霜，我们没有预料到，世界上会有很多很多的意外。

两天之后的早上，托尼老师进来了，第一件事，并不是听写英语单词。他将书本放在讲台上，柔和的目光掠过人群，终于轻轻说道："同学们，这是我给你们上的最后一堂课。"

我们都惊呆了。

我们班的人都喜欢托尼，即便是毫无英语细胞的黄洋。托尼幽默而且帅气，上起课来妙趣横生，他真的是我们顶顶喜欢的老师之一！

但是，他现在居然说，以后再也不给我们上课了！

黄洋就举手问:"老师,你是嫌我们太吵,去教三年级了吗?"

吴双说:"老师您继续教我们,我保证听写每次都对。"

托尼说:"我一直不敢告诉你们……其实这个暑假我的工作就调动了。上周五调令正式下来,我明天就要去新单位上班了。我也很喜欢你们,所以我想,今天我要来给大家上最后一节课。"

"何老师你不要走。"方丽站了起来,眼睛里已经全是泪水:"老师,我们马上就要毕业了……您将我们带到毕业后再走,好不好?"

喜欢装腔作势的女强人方丽,她竟然带着哭腔了……可是我们没有人笑话她,没有人。

吴双说:"老师您留下,您只管打我,把我的手打肿了也没有关系,我保证不告诉妈妈。我妈妈绝对不会再来学校告状了。"

黄洋说:"老师您继续教我们吧,您打我也没关系,我考不及格您就打我……不,我考不优秀您就打我,我一定能学好的。"

我眼泪冒出来了。这不是夏苔米,我怎么就哭了呢?

吴双曾经因为不肯背英语单词而被老师打手心,他妈妈跑到校长办公室,与校长谈论了整整三个小时的孩子教育问题。黄洋的第一次英语考试成绩以零分告终,当时我们班英语成绩的排名也远远落后,于是黄洋爸爸就趁着家长会的工夫跑到英语老师办公室,与英语老师探索孩子的教育方法,直到下午我们放学之后他还不走,据黄洋说他们一直谈到晚上六点多钟。

现在吴双说,老师您不要走。

现在黄洋说,老师您不要走。

托尼微笑着说:"我知道你们都是很乖巧的孩子,不管接班的老师怎样,你们一定都能把英语学好的。黄洋,你是男子汉,你一定会将英语学好的,你是男子汉,你不能哭……"

这不是托尼的风格,托尼说话不会这么语无伦次。我怀疑我看到了一个假的托尼,我开始幻想一幅场景,真正的托尼从教室门外走进来,大叫一声"你这个六耳猕猴,竟敢冒充我,说谎话骗我的学生",但是教室外空荡荡的,只有风吹过的声响。

林诗涵站起来问:"老师你调到哪个学校,我们去看你。"

林诗涵这个语文课代表是脑子进水了,她忘了,无论托尼调到哪个学校,托尼上班的时候我们也在上课,我们没课的时候托尼也下班了……这话是废话。但是废话也好,至少能让我们知道托尼去了哪里。

托尼勉强笑了笑,说:"老师不教书了……老师的QQ号就在黑板上,大家记下来,以后有英语上的问题还可以来问我。你们放心,老师再忙,也会抽时间给你们回复。"

课上到最后,托尼还想讲一个知识点,但是我们都不想听了,托尼就说:"好,我教你们唱歌吧?"

我们都说好,方丽揉了揉眼睛说:"我们要听老师唱歌。"

托尼有一副好嗓子,他能飙高音,还曾经在教工联欢晚会上飙英文版的《今夜无人入睡》,所以我们都很崇拜他。但是他极少唱歌给我们听,他曾经许诺说,等我们的两率一分考上全镇第一名,就给我们唱英文歌,可惜我们从来也没有考上过。

现在,托尼终于给我们唱歌了。

托尼教的歌曲很复杂,里面有好多好多的新单词,但是我们学得很认真。

然而总是要下课的。托尼像一阵风一般走了,我们没有送他,因为下一节课的铃声已经敲响。在等谢老师进教室的空隙,我终于留意到我身边的周巧儿与其他眼眶红红的同学不同,她的眼睛里全是迷惘。

刚才全班都哭了,她居然没有哭。

对上了我的目光,她定了一定,才问我:"何老师……为什么也要走?"

我心情还很不好,当下也没有好声气,就说:"我又不是托尼老师,我怎么知道。"

周巧儿说:"秦老师要走,是因为我们那儿很穷,秦老师再教下去,就娶不上媳妇了,他女朋友说他不出去打工就与他分手。我们的托尼老师……他已经结婚了,怎么也要走?"

周巧儿的声音幽幽的,很迷茫。

那时我们不知道,托尼老师的离开不是结束,而是开始。

我的整个六年级生涯,将面临一场又一场的离别。

三天之后,周巧儿背着一个空书包进了教室。她对我说:"我要走了,要回老家去读书了。

一瞬间,我的心空了,我不知该说什么。

周巧儿抹了一把眼泪,说:"我爸爸说,奶奶身体不好,需要我回家照顾。等奶奶身体好了,我还出来读书。"

同学们都围过来,但是谁都不知该说什么。金秀就抓了两包薯片过来:"你带着路上吃。"

金秀依然每天带零食,只是每天只带一点点了。这两包薯片,是她今天所有的零食。

袁雷凑过来,问:"你明天还来上学不,我明天将手机给你带来,你有手机,与我们联系就方便了……你不用客气,我家还有两个几乎全新的手机,放着也是放着,没用的。"

周巧儿垂下眼帘,说:"不用了,我爸爸买了今天的车票,他等一下就送我去车站,我自己乘火车回家,我姑姑在那边车站接我,我装了课本就走,不能耽搁了。"

黄洋跑到小书架跟前,一阵翻腾,叫黄好禾子:"黄鱼黄鱼,哪几本书是我妈妈买的,我不知道,我要翻出来送周巧儿!"

黄好禾子说:"最上面左边那几十本都是!大约有四十几本!你拿错两本也没事,靠着你的书摆着的,都是我的书!"

方丽从书包里翻出一本全新的笔记本,说:"我们都签名吧,签上名,送给周巧儿。"

大家就纷纷签名。很快,周巧儿的课桌上堆满了东西,她急忙推辞:"不用了不用了,这么多,我书包都放不下了……"

吴张桐说:"你等着。"他飞奔前往谢老师的办公室,一转眼,就拿着一个空的纸箱子回来了:"前几天搬书时候剩下来的箱子,还好谢老师还留着。来,黄洋,你哪些书送给周巧儿,先放进去!"

黄洋就将小书柜上的书抓了一些放进去。其他同学也有样学样,小书柜瞬间就空了一大半,剩下的都是些旧书,同学们不好意思送。

"太多了……太多了……"周巧儿的眼泪一串串落下来。

我说:"不多不多,你回去,在你们班里也放一个小书柜,把我们送你的书都摆上去,与同学们一起看,那就不多了。"

吴双也从小书柜上抓起两本书,有些不好意思地走到周巧儿跟前,说:"巧儿,这是你买的两本书,你签上名送给我们吧,尤其是这本《木偶奇遇记》,它见证了你与我们班同学的友谊。"

周巧儿拿着笔,在书的扉页上写上:友谊地久天长。

她写完之后,停了很久,一直没把笔放下。

吴张桐笑嘻嘻地说:"别难过啦,不伤心啦,反正之后你还会出来读书的。你那时要记得,去阳光中学,我们阳光小学的学生,都是直升阳光中学的,那时我们虽然会被拆散,但我们还是相亲相爱的一家人……"

32

我们都在绽放

晚上回家的时候,妈妈将筷子放到我面前,很温和地问我:"苔米,你是愿意在阳光中学读书呢,还是去杭州读书?"

那时我还沉浸在巧儿离开的悲伤里,听到妈妈问话,惊讶地抬起头。

妈妈说:"妈妈接到杭州的电话,作协希望妈妈过去工作,妈妈想,杭州的教育条件更好一些,对你的将来也好,于是就想要答应,正与你爸爸商量着呢!"

爸爸放下饭碗,瓮声瓮气地说:"你要去就去,不要把我女儿带去!好好地教书就成了,你去找什么青春梦想?二十年前你还告诉过我,你喜欢教书,你愿意当一辈子老师!"

妈妈说:"二十年前是二十年前,我现在后悔了成不?我教腻了!我教不动了!我的人生只剩下半辈子了,我要去追求一点别的活法!"

爸爸说:"作协打电话过来的时候说得很明白了,你过去的话,出差是常态。两地分居已经够了,你再出差,我们这个家到底怎么办!你要走就自己走,我和苔米自己过日子!"说完这句话,爸爸怒气冲冲地往外走,"啪"的一声将门带上,出去了。

妈妈站起来,似乎想要去追爸爸,但是她又坐下,说:"鼠目寸光!苔米,你爸爸他根本不知道,我们乡下的教育资源,与杭州城里的教育资源,完全是两码事!就是为了你的前途,我也要将你带到杭州去!"

我不知该怎么回答,眼泪一串串落下来。我从来不知道,泪水竟然是又咸又苦的。

我不喜欢爸爸妈妈吵架。

我最害怕的事情,其实还是去杭州。那是一个非常美丽的城市,高楼大厦,鳞次栉比。与杭州相比,我所在的这个小城镇,就是完全的乡下。我想起六岁时初来明州的恐惧,想起每周要带一大包零食来学校找存在感的金秀,想起成绩非常优秀却迟迟不能融入我们班集体的周巧儿。

我开始计算我的优点。我是有优点的,我学了好多年的舞蹈,但是我根本没有考级证书;我学了很久的素描,但是水平根本上不了档次；我学了几年的钢琴，但是我真的差一点天赋，连六级都还没有考过。我的语文成绩很优秀，但是这一点优秀到城市里去之后估计也会泯然众人；我的数学成绩一般般，到了城市之后很可能就会变成学渣。我突然后悔我之前怎么这么不努力，为什么不与吴张桐他们一起去补奥数，为什么不去读新概念英语……

但是这种恐惧，无从诉说。

然后我开始失眠。我开始大把大把掉头发。每天早上我都能从卫生间地上抓起一把头发，足足有七八十根——我只好悄悄地打开水龙头，将头发冲进下水道。

至于下水道会不会堵塞，我一点都不想管。

这样的日子，足足折腾了我一个月。那天早上，妈妈给我梳头时，突然说："苔米，你的头顶中间，怎么少了一块头发？"

妈妈将我前额的头发扎成一个小辫子，在抽屉里一阵翻腾，找到一只很漂亮的凤凰发卡，将那小辫子压到后面，把那块少头发的位置遮住了。

她带着我去看医生，医生说这是斑点秃，没事儿，吃点药头发就能重新长出来。

妈妈终于沉沉地叹了一口气，说："苔米，算了，我不去了。"

我抬眼看着妈妈，泪眼蒙眬。

我的头发终于又长出来了。

寒假过后,陈勤走了。她是江西人,她的成绩在阳光小学只能算是中不溜,虽然她能直升阳光中学,但是按照阳光中学的升学率,她是绝对上不了普通高中的。上不了普通高中,就意味着上不了好的大学。但是她回老家找了一所小学,做了试卷之后,那边的校长告诉她:"你的成绩,在老家学校里肯定是拔尖的,你回家来读书吧,现在转回家也可以,小学毕业后转回来也可以,你一定能考上高中,将来一定能考上大学!"

于是,陈勤走了,或者说她根本没有回来过,她爸爸帮她来了一趟学校,拿走她的档案和她抽屉里剩下的一些物品。

五月份之后,金秀也走了,与陈勤一样的理由。她要回老家参加毕业考试,争取升入老家初中之后,能进入一个相对优秀的班级。

吴张桐曾经对周巧儿说,一年后我们在阳光中学见面。但是五月底的时候,吴张桐就已经通过明州城里一个重点民办初中的入学考试。因为吴张桐的爸爸对他说,他应该去更好的学校读书,结交更优秀的同学,对他的将来也更有帮助,所以吴张桐就去参加考试了。值得一提的是,那次入学考试的题目竟然是"谈谈你对美的理解",吴张桐没有再写芭蕾舞舞台上的大长腿,而是写了公交车上他给老爷爷让座。他回来给我们讲这篇作文的时候,收获了所有同学清一色的鄙视眼神。

六月一日,是我们小学阶段的最后一次儿童节。我们举行了班会课,班会课上,谢老师教我们唱歌,歌词很好听:长亭外,古道边,芳草碧连天……

但是谢老师唱着唱着,她的身子突然歪了下去。吴张桐冲上去将谢老师扶住,黄洋冲到办公室叫老师。谢老师被送到了医院。

后来我们才知道,当时谢老师的肚子里已经有了小宝宝。她当时拼命给我们上课,实在太累了,在她肚子里藏了三个月的小宝宝,最终离她而去。

最后半个月的语文课,是校长给我们上的。他说:"你们好好听课,好好上课,你们的考试成绩优秀的话,谢老师就能拿到优秀老师的奖状。"于是那半个月,我们学得特别认真。考试成绩出来的时候,我们班级的优秀率居然是全镇第一名,连黄洋也考了八十五分!

考完试后,我立马拿出我的平板,在上面下载了QQ软件,登录了我自己的账号。

然而,标注着"周巧儿"名字的那个卡通头像,始终都是灰暗的。

现在,已经四年过去了。我们班级的QQ群,依然时不时有人冒头说话。黄洋与吴双、袁雷更是经常相约玩游戏,谢老师骂了很多次,他们也虚心接受,然而屡教不改。据说他们现在正在玩一个叫"王者农药"的游戏,袁雷已经上黄金段位了,吴双、黄洋两人的水平差一点。谢老师就骂:"你们就算在职高也要上点心!不要玩农药把自己玩死了!"

袁雷与吴双、黄洋几个人就发了一连串的认错表情。

然后吴张桐就出现了,说:"王者农药啊,哥已经上白金了,这还是没怎么花时间玩的!其实玩游戏也是需要学问的,你们不读书的人,游戏也玩不好,这是经验之谈……"

然后 QQ 群就冷场了。

半天之后,谢老师上了一把菜刀。

虽然有人聊天,有人耍宝,但是周巧儿始终不曾出现。

我隔三岔五给周巧儿发一条信息,也始终没有收到过回复。

也许,她根本没有记住吴张桐给她申请的这个 QQ 号。也许,她没有记住密码。也许,这个 QQ 号被人盗走了。

你知道吗,周巧儿,我想你。我想念那短短三周的同桌生涯。我想要告诉你,你走之后,吴张桐又做回了我的同桌,但是他很烦,谢老师不久又将他调到后面去了。李老师爱留堂的坏习惯被我们纠正过来了,但是在给老师纠正坏习惯的过程中,我们竟然养成了每天找题去求教的"坏习惯"……你说是不是让人哭笑不得?我们进来的那些货物全卖光了,挣了五百三十六块钱,当然,尾货是校长买走的,他说这些货物可以做期末的奖品;但是校长拿出来的钱在黄洋手里才捂了半个小时就被校长又拿回去了,黄洋心疼了好久。

现在阳光小学的图书馆里，增加了一个格子的藏书，每本书的扉页上都写着一行字——"阳光小学2014届601班同学集体捐赠"，是校长亲手写的。校长还说，我们每人可以在书的扉页写上一句赠给学弟学妹的话，签上自己的大名。黄洋不敢写，说自己的字太丑了；我写了两本，其中一本上写着"我相信，知识可以改变命运，友谊可以温暖人生"，后面就署着你的名字。我已经很努力模仿你的笔迹了，但是依然模仿得不太像。我这叫作先斩后奏，希望再次见面的时候，你不要责怪我。吴张桐说担心校长贪污了我们的钱，他将那一格子书后面的定价一本一本加起来，得到的结论是校长还往里面贴补了五百多元钱，但是方丽说校长没有贴补多少钱，因为买书买得多是能打折的，最多能打到六折。

　　现在，我已经考进高中了，省级重点中学。这是一节晚自习课，我坐在明亮的灯光下，写下这本书的最后一段文字。我不知道你在哪里，但是我知道，以你的坚毅与顽强，你一定能像一朵花儿一般，静悄悄地绽放。

　　也许你是花园中最娇嫩的玫瑰，也许你是路边无人注意的野花，也许你只是墙角阴暗处那无人留意的苔藓。

　　但是你一定能绽放，或者，正在绽放。

　　像我们的青春一样绽放。

　　此刻，我身边正萦绕着梁俊老师与他学生合唱的《苔》：

白日不到处,青春恰自来。苔花如米小,也学牡丹开。

……

溪流汇成海,梦站成山脉。风一来,花自然会盛开。